TERAPIA DE UM SEQUESTRO

Romance

2018

Manoel Carlos de Carvalho

TERAPIA
DE UM SEQUESTRO

In Media Res

Capa e projeto gráfico: Isaias Freire
Diagramação: In Media Res Editora
Revisão: Lohan Lage Pignone

Dados Internacionais de Catalogação na Publicação (CIP)

M624t
Carvalho, Manoel Carlos
Terapia de um sequestro/Manoel Carlos de Carvalho 1ªed
Nova Friburgo - RJ:
In Media Res, 2018
132 p.
ISBN: 978-85-94016-06-5

1. Romance brasileiro I. Título

CDU 869-93
CDD: 821.134..3(81)-3

Educatoris Instituto de Educação Multidisciplinar Ltda
Rua Abdo Abi-Ramia, 81
28630-090 - Nova Friburgo – RJ
www.inmediares.com.br

Dedico este livro a todas as vítimas de sequestro, sobreviventes ou não, e às suas famílias.

Para nós, vítimas dessa maldade desmedida e dessa covardia extrema, resta suportar o medo, a dor da tortura, o pânico e a insegurança que nos afligem todos os dias.

São sentimentos que pouco suavizam com o passar do tempo e que, com o Brasil mergulhado numa onda de violência, se agigantam em nossos corações roubando nossa paz e nossa tranquilidade.

Apresentação

Como autor desta obra e por tê-la escrito com parágrafos numerados, sinto-me no dever de justificá-la para que sua leitura flua e minha narrativa lhe cative.

Fui sequestrado em fevereiro de 1974 e, após esse dia, minha vida mudou de ponta cabeça. Nos primeiros anos após meu sequestro, ainda sob domínio do trauma que eu insistia em negar, agi como se nada tivesse acontecido ou como se o episódio não tivesse deixado as sequelas que deixou. Me mantive calado, refém de calmantes, a gravidade da experiência guardada e camuflada para mim.

Em meu inconsciente, porém, memórias latentes e desordenadas reavivavam as angústias e os temores sofridos no espaço de tempo em que me vi à mercê de bandidos armados, impondo-me as mais severas e desumanas ameaças de morte.

O medo de ir a lugares que eu não conhecia, a desconfiança naqueles que poderia encontrar, a angústia de talvez não conseguir voltar — tudo isso passou a me castigar constantemente, promovendo uma sensação de insegurança que me aterrorizou anos a fio.

Desenvolvi um estado permanente de alerta, me sentia vulnerável e ameaçado o tempo todo. Não conseguia ficar dentro de um carro estacionado, nem em qualquer estabelecimento público, de costas para a porta — esse comportamento é meu até hoje, mesmo tantos anos depois. Não me sinto seguro em nenhum lugar.

No princípio, ainda em negação a tudo o que eu sentia, apesar de alguns mal-estares físicos, meu comportamento apenas me parecia estranho. Eu sabia que alguma coisa estava diferente, que minhas atitudes e pensamentos se alteravam a ponto de me manter nesse estado de inquietação constante, mas eu resistia a reconhecer o quanto havia mudado. Talvez fosse apenas consequência imediata ou efeito colateral do trauma que eu havia vivido. Uma condição passageira, que logo iria acabar e tudo voltaria a ser como antes.

Com o tempo, porém, essa condição piorou e comecei a ter brancos, ausências. Conversava com as pessoas e, de repente, me perguntava quem elas eram. Um dia, em especial, estava dirigindo e senti que perdi a noção de tempo e de espaço, onde estava indo e por que razão. Parei o carro e fiquei buscando as justificativas. Temi não voltar à realidade, ficar nesse branco indefinidamente e parar numa clínica psiquiátrica.

Foi quando passei a sentir a necessidade de comentar com parentes e amigos alguns detalhes do sequestro. Uma necessidade que surgiu de uma hora para outra e que não tentei impedir. Eu começava a falar e as pessoas se interessavam, paravam para me ouvir, faziam perguntas e queriam saber de toda a história. Como começara, como eu fora capturado. Onde estava, o que fazia. Queriam detalhes sobre o durante, sobre minha fuga, sobre o depois.

Minhas lembranças, porém, vinham sem cronologia. Fugiam do meu controle. Eu não conseguia lembrar dos momentos que compunham o início, o meio e o fim. Era comum eu parar a dissertação dos fatos por não conseguir me lembrar da sequência e nem dos detalhes de alguns momentos sofridos tão cruciais para mim. Como isso era possível? Por que eu negava minha própria experiência?

O interesse das pessoas em querer saber o que se passara comigo era genuíno e me fez seguir adiante. Após cada narrativa, mesmo que fragmentada, eu me sentia diferente, recompensado e aliviado. Falar que havia sobrevivido a bandidos e a policiais despreparados, e que estes, no lugar de me socorrerem, aumentaram ainda mais o meu sofrimento, começou a me fazer bem.

Falar da maldade, da frieza e da ausência de sentimentos em pessoas para quem o valor da vida humana pode ser medido em cédulas foi revigorante. Foi como se a fala pudesse me libertar, me fazer voltar a ser quem era.

Um dia, comentando com um médico sobre como me fazia bem falar do sequestro, mas o quanto era difícil conseguir me lembrar de tudo o que tinha acontecido, ele sugeriu que eu procurasse um especialista. "Um psicanalista. Você ainda está sob efeito do trauma e vai precisar de terapia". E que também começasse a escrever num caderno todas as lembranças que me viessem à mente. Lembrar dos fatos, segundo ele, me possibilitaria enfrentá-los e superá-los.

Fiquei pensativo. Não me achava o tipo de pessoa que precisava de análise, embora percebesse que a palavra parecia me curar. Resolvi então que não seguiria a recomendação de meu amigo médico, mas que passaria não só a aproveitar todas as oportunidades para contar a minha história do sequestro como também para escrevê-la, colocar no papel as lembranças pontuais à medida que surgissem em minha mente.

Esse processo de registrar as lembranças em folhas de papel começou há aproximadamente 32 anos. Foi lento e gradual e hoje tenho todas elas registradas. Toda dura realidade que passei nas mãos de bandidos e de policiais, todos os recursos que usei para permanecer íntegro e são.

A obra "TERAPIA DE UM SEQUESTRO" é, portanto, o registro de um processo de tentativa de cura ao qual me submeti, escrevendo em um caderno ou em pedaços soltos de papel flashes do sequestro de que fui vítima. Foram 20 anos de escrita ininterrupta de pequenas passagens que deram conta desse episódio marcante de minha história. De uma experiência que, por muito pouco, poderia ter posto um ponto final na minha vida. Na minha existência.

Anos depois, encerrada minha autoterapia, deparei-me com a caixa onde guardava esses registros e, sem um objetivo definido, comecei a lê-los e colocá-los em ordem cronológica. Em pouco tempo, percebi que eu reconstruía com uniformidade toda aquela experiência e, para meu espanto, sentia-me bem. Recordei que, com aqueles escritos, meus temores haviam diminuído e a ameaça de pânico e o permanente estado de alerta haviam abrandado. Comecei então a preencher espontaneamente algumas lacunas com novos flashes da memória que foi sendo reavivada e transformei-os em um relato coerente e emocionado.

Confesso que até os dias de hoje me pego pensando se tudo o que senti e vivi não passou de um pesadelo, de um relato ficcional, do devaneio de uma mente impressionada, mas não, logo descarto essa possibilidade. Eu não teria a capacidade criativa necessária para tanto, e você, leitor, logo concordará comigo.

Se não me digo totalmente curado — pois uma vítima de sequestro nunca deixará de ser refém da própria história —, ver as lembranças daquele pesadelo transformadas em livro tem uma função terapêutica além do esperado. Saber que você, leitor, acompanhará minha história e se comoverá com ela, fazem de mim um homem são, feliz e abençoado.

Manoel Carlos

O dia do sequestro

1. Fevereiro de 1974. Eu era formado pela Escola Técnica Nacional em Máquinas e Motores e trabalhava numa empresa do ramo da construção naval, com sede no Centro do Rio de Janeiro. Morava em Santa Tereza, tinha 27 anos, e toda a minha atenção estava voltada para os preparativos do meu casamento, que estava próximo.

2. Saí do trabalho no horário de sempre, fui ao estacionamento do outro lado da Av. Pres. Vargas e, assim que enfiei a chave na porta da minha Brasília, deixei-a aberta por alguns minutos para aliviar um pouco o seu calor interno. Não havia ar-condicionado nos automóveis, e isso os tornava câmaras sufocantes de ar no calor do Rio de Janeiro. Enquanto aguardava, examinei detalhadamente a pintura da lataria, esperando não encontrar nenhum arranhão que pudesse me aborrecer e vir a estragar o resto do meu dia. Meu excesso de zelo pela Brasília era justificável: nova em folha, era o carro do momento, um dos mais cobiçados da época.

3. Assim que deixei o estacionamento, vi um outdoor da Volkswagen fazendo propaganda do seu mais novo lançamento: era uma Brasília também, o carro do ano, com excelente aceitação de mercado. Percebi que ela era amarela igual a minha e que a propaganda destacava seu espaço interno avantajado como uma oferta de mais conforto. Automaticamente virei a cabeça para trás, fiz uma rápida avaliação do interior do meu carro e concordei. O espaço era bom mesmo, amplo como a propaganda mostrava. Senti-me bem.

Aquele outdoor mexeu com o meu ego. Mal sabia eu, porém, que logo descobriria que aquele espaço interno destacado não era tão bom assim... Que era pequeno demais para alojar um sequestrado com razoável conforto. Sem a menor possibilidade de imaginar o inimaginável e seguro de mim, segui em frente.

4. Saí da Av. Pres. Vargas em direção à Zona Sul, atravessei todo o Centro da cidade, peguei a praia do Flamengo e segui pela pista de dentro, mais estreita, para ficar o mais próximo possível do escritório onde trabalhava minha noiva, logo ali no Aterro. Era essa a minha rotina: apanhá-la ao término do expediente e cumprir o planejado para o resto do dia, fosse ele fazer compras, ir ao cinema, visitar amigos, ou.... Ou qualquer outra coisa menos o pesadelo que estava por vir.

5. O trânsito no Centro do Rio de janeiro era muito intenso e lento nos finais de tarde, e eu dificilmente encontraria uma vaga por perto. Por isso era obrigado a ser o mais pontual possível nos meus compromissos com minha noiva, para que ela não ficasse me esperando na calçada e eu não tivesse que ficar dando voltas longas e demoradas no quarteirão. Acostumado que estava, eu sabia administrar bem o percurso e dava sempre um espaço de tempo para ela chegar sem se expor a riscos desnecessários de assalto. A violência já começava a nos ameaçar na cidade, e a insegurança a fazer parte de nossas vidas.

6. Se eu me atrasasse um pouco, isso seria normal também, pois, apesar dos meus esforços, o trânsito era pesado demais naquele horário de rush. Nesse dia, porém, cheguei na hora. Na verdade, alguns

minutos adiantado — minutos que podem ter salvado nossa vida. Digo nossa, porque, se minha noiva tivesse se adiantado um pouco também, talvez ela tivesse sido levada junto comigo e aí eu tenho dúvidas se o desfecho teria sido o mesmo.

7. Naquele dia, para minha aparente felicidade, a sorte parecia me sorrir deixando disponível uma vaga num lugar excelente, junto à calçada. Opa! Todos os dias o que eu mais queria era poder estacionar o mais próximo possível do prédio onde ela trabalhava. Aquela vaga fora mesmo providencial.

8. Ao volante, fui fazendo a manobra para entrar na vaga apertada, bem em frente a um ponto de ônibus e ao portão do prédio em que iria esperá-la sair. Pela hora, havia muita gente aglomerada ali, à espera da condução para casa. Esse quadro era familiar, todo dia a mesma coisa.

O momento do sequestro

9. Com a janela do motorista aberta e a porta destravada, eu finalizava a manobra, quando, de repente, senti uma pressão forte e pontiaguda na minha têmpora esquerda. Sem nem de perto imaginar que o que empurrava minha cabeça com força era o cano de uma arma, eu ia virar para ver o que acontecia quando, num piscar de olhos, vi entrar um indivíduo pela porta do carona, apontando outra arma para o meu rosto.

10. Na mesma hora vi que o que empurrava a minha cabeça pela janela era uma pistola, e o que o bandido no assento à direita empunhava era um revólver, possivelmente um calibre 38, a julgar pelo

tamanho. Surgiu então uma terceira pessoa e, na hora, nem pensei se ela também estaria armada ou não. Tudo isso aconteceu em uma fração de segundos, e foi quando a minha sorte se transformou em azar.

11. Eu estacionara exatamente no lugar onde havia três bandidos atocaiados esperando por uma vítima e onde, agora, eles dariam início a um sequestro, uma das maiores maldades a que se pode submeter um ser humano.

12. Desde o primeiro momento em que os bandidos me mantiveram sob a mira de suas armas, tudo o que fiz foi obedecer cega e prontamente todas as ordens que recebi: Chega pra lá... Vai, vai, vai logo, porra! Coisas assim. Assustado e muito confuso, empurrado com força para os lados, me deixei levar pelos bandidos, sem saber ao certo o que estava acontecendo, exceto que eu não tinha qualquer controle da situação. A ficha ainda levaria algum tempo para cair.

13. Fui então jogado com violência sobre o painel e assim fiquei, com o rosto colado na parte superior do volante, pressionado pelo banco que era empurrado para frente para permitir a entrada do terceiro indivíduo. Ele se acomodaria logo atrás do banco do motorista. Dominado, eu não esboçava nenhuma resistência. Nesta posição, porém, eu conseguia ver algumas pessoas atravessando a faixa estreita da rua rente ao carro, outras correndo para pegar o ônibus e outras ainda em pé, esperando pacientemente a condução na calçada.

14. Tomado pelo pânico e pela impossibilidade de acenar ou gritar, eu fixava os olhos nas pessoas

que circulavam a minha volta, na esperança de ser notado e socorrido. Achava que alguém veria o que estava acontecendo comigo, perceberia a situação de risco em que eu me encontrava e viria em minha defesa... Havia gente demais perto do carro, seria impossível ninguém ver o que estava acontecendo. Ainda era dia, pelo amor de Deus!

15. É claro que a maioria das pessoas via o que ocorria comigo, apenas ninguém esboçava um só gesto de ajuda. Egoísmo? Medo? Fosse a razão que fosse, a esta altura eu já temia pelo pior. Tinha já consciência do perigo em que me via e estava só, à mercê da minha (falta de) sorte ou do que o destino reservava para mim. A partir daquele instante eu soube que só poderia contar comigo.

Saindo do Flamengo

16. Voltando o banco para a posição normal, o bandido que antes me ameaçara pela janela me empurrou para o meio do carro, para o espaço entre os dois bancos, e se sentou no banco do motorista, assumindo a direção. Fiquei ali, sentado desconfortavelmente sobre o freio de mão e a alavanca da caixa de marcha. Para me equilibrar e não me machucar, apoiei as mãos na parte superior do painel, sentindo-me um contorcionista circense, tamanho o esforço que fazia para não tombar.

17. Apesar da minha posição delicada e extremamente desconfortável, não pude deixar de perceber que o motorista mostrava muita destreza ao volante. Saiu com habilidade da vaga apertada e disparou em alta velocidade rumo a Botafogo,

em direção às pistas principais, sem atenção e cuidados devidos em meio às dezenas de pessoas apressadas que atravessavam na frente do carro.

18. Com o carro ainda em alta velocidade, me vi sendo agarrado pelas axilas e puxado para o alto e para trás, forçado a passar brutalmente para o banco traseiro. O espaço entre o teto e os bancos da frente da Brasília era pequeno e eu passei apertado, raspando as costas no topo dos bancos, o peito e a barriga encostados no teto. Percebendo que era puxado para trás, ajudei dando impulso com as pernas apoiadas no painel, facilitando a minha passagem, como queria o bandido que me puxava. Minha intenção era me machucar o mínimo possível.

19. Como o que está ruim pode sempre piorar, os quilos que eu ganhara durante o noivado e que agora se acumulavam formando uma barriguinha proeminente, haviam me forçado a abrir o cinto e desabotoar a calça cada vez que eu entrava no carro. Tendo acabado de fazer isso para evitar um desconforto na altura da cintura, vi que tive minha calça arrastada para baixo, à medida que ia escorregando para o banco de trás.

20. Como um saco de batatas, fui jogado no chão, ficando imprensado entre os bancos traseiro e dianteiro, exatamente onde o bandido queria que eu ficasse. Me dei conta então de que minha calça tinha descido toda até os joelhos, e que eu não podia me mexer para puxá-la.

21. Fiquei ajoelhado no chão, a cabeça próxima dos pés do bandido, sob a mira do cano da pistola que pressionava a minha cabeça para baixo.

Nunca pude imaginar que veria as ferragens e a costura da forração do banco da Brasília daquele ângulo, menos ainda naquelas circunstâncias.

22. Senti então um lampejo de revolta e desespero eclodir dentro da minha cabeça. Aquela era uma situação tensa e ao mesmo tempo humilhante. Eu estava vencido, sequestrado, imobilizado pelas próprias calças em torno dos joelhos e pelo cano de uma arma apontada para a minha cabeça. Senti vontade de reagir, mas, rendido do jeito que estava, minhas chances de me libertar, fugir e sair vivo seriam zero.

23. Senti também que os bandidos pareciam muito nervosos. E que já deveria ser noite. Com a cara colada no fundo do carro e numa posição que só me permitia enxergar o tapete preto e um pouco da área por baixo do banco do carona, tudo era assustador demais. Os bandidos falavam muito pouco entre si e, quando conversavam, não escondiam o nervosismo. Também sentiam medo e temiam pelo pior. As nossas situações eram opostas, mas, de certa forma, estávamos no mesmo barco. Todos ali corríamos grande risco de vida.

24. A cada solavanco, guinadas e freadas, a ponta do cano da arma batia com força na minha nuca, arranhando meu coro cabeludo. A sensação era terrível. Me aterrorizava a possibilidade da pistola disparar com um solavanco mais forte, uma possibilidade real. E como não faltavam buracos e irregularidades nas ruas do Rio de Janeiro, fui levando estocadas na cabeça e temendo um disparo acidental.

25. A cada segundo, eu avaliava minha situação e sentia que ela piorava. A calça arriada fazia com que eu me sentisse ainda mais fragilizado. Era preocupante demais. Em silêncio, eu pensava *E eu aqui de bunda de fora!*

26. Sem saber para onde estava sendo levado, eu me mantinha em expectativa constante. O que aconteceria a seguir? Tinha a ideia fixa de me recompor, tentava me mexer o pouco para arrumar um jeito de me vestir, mas não havia como. Não havia como eu me mexer, quanto mais me levantar. Que constrangimento. Resolvi então me dar temporariamente por vencido até ver o que aconteceria. Eu já havia passado por outras adversidades na vida e saberia me controlar.

27. Controlado, mas sem me dar por vencido, apesar da minha situação de desvantagem, comecei a engendrar um plano de fuga. Eu ainda não tinha muita consciência do que estava acontecendo, muito menos do que pensaria fazer, mas posso afirmar que era imensa a minha vontade de agir. Talvez fosse a lucidez me chamando para a realidade e começando a pôr meu instinto de defesa em estado de alerta. Sim, pode ter sido o meu instinto de defesa.

28. Depois, não sei por que cargas d'água, comecei a me ver com um sorriso na boca, como se estivesse gostando do novo desafio. Surpreso. Fiquei muito surpreso por conseguir achar graça de alguma coisa, quando estava com as calças arriadas até os joelhos, a bunda virada para cima e armas apontando ameaçadoramente na minha direção. Talvez minha condição humilhante e inimaginável tenha me parecido engraçada. Bizarra. Difícil de

entender. O meu senso de humor às vezes me deixava perplexo.

29.Talvez a realidade dos fatos fosse tão surpreendente que me fizesse mergulhar em reflexão para então emergir com um inesperado e imprevisível sorriso relâmpago de pura aflição. Ainda hoje, quando me lembro do que aconteceu comigo, me pego surpreso com minhas reações e com a calma aparente que mantive durante todos os momentos aterrorizantes que passei nas mãos dos bandidos.

30. Passados alguns minutos, o bandido do banco de trás me mandou levantar e sentar ao seu lado, ao que eu logo obedeci, aliviado por poder aproveitar a oportunidade de me recompor, fechar o zíper e a correia. Com a calça vestida, cinto ajustado e fechado, me senti mais íntegro, e quem sabe pronto para reagir, caso fosse possível.

Eles não sabiam onde estavam

31. Finalmente sentado, pude analisar a situação e ver quem era quem. Eram três jovens, logo constatei: ao meu lado, com idade de no máximo uns 20 anos, estava um negão muito forte e que liderava o grupo. Os outros dois, nos bancos da frente, eram menores e tinham no máximo 16. Daí em diante, espantado por serem tão moços, não tirei mais os olhos deles. Fiquei atento aos mínimos detalhes, na expectativa de aproveitar qualquer chance de fuga. De repente, o negão me perguntou:

— Onde a gente está?
Olhei para os lados.
— Deixa eu ver — custei um pouco a responder.

32. Eu sabia exatamente onde nós estávamos, mas resolvi demorar um tempinho para responder, valorizando bastante a informação, para tentar ganhar tempo e pensar em alguma coisa para fazer. A partir daquele momento, meu instinto de sobrevivência passou a comandar minhas ações e a ditar as respostas e as perguntas que seriam trocadas entre nós.

33. Entendi então por que eles tinham mandado eu me levantar e sentar no banco: era para orientá-los a como sair da cidade. Viram-se perdidos, não sabiam onde estavam.

34. Percebi também que eles não conheciam Botafogo, Flamengo e que nunca haviam estado naquela região do Rio.

35. Ainda beirando o pânico, bombardeado por uma avalance de emoções, olhei à volta e confirmei minha localização, ainda estávamos no Flamengo, indo em direção a Botafogo pela praia. Desde o momento em que fui surpreendido pelos bandidos, me senti bastante aturdido. A minha impressão era a de já ter passado uma eternidade, quando, na verdade, só estava começando a odisseia que se eternizaria por toda a minha vida.

36. Confuso e desnorteado, eu olhava pela janela na tentativa de conseguir chamar a atenção de alguém nas calçadas ou dentro dos carros que passavam rente ao nosso. Queria pedir ajuda. Como faria isso não sei. Ao constatar, porém, que já era quase noite e que todos os vidros da Brasília estavam fechados, vi que não daria para ser visto nem ouvido e desanimei. Comecei a acreditar que estava mesmo em uma situação

de sério risco, à mercê de um grupo de menores delinquentes dispostos a tudo. E naquele momento, como não tinha como reagir e muito menos fugir, uma sensação de fragilidade ainda maior me dominou. Fui invadido por uma terrível sensação de impotência.

O carro fumegante

37. Passamos por Botafogo sem que uma só palavra fosse trocada entre os bandidos. Um silêncio assustador.

38. O motorista seguia instintivamente o fluxo dos carros em direção à Copacabana. Seguia não porque conhecia o bairro, mas porque eu o havia orientado a fazer isso.

39. Quando chegamos a Copacabana, um primeiro incidente aconteceu e me encheu de esperanças. Foi tão surpreendente que não só eu, mas os próprios bandidos se entreolharam querendo entender todas aquelas manifestações espontâneas que se seguiam. Como os vidros do carro estavam fechados até o topo, não tínhamos a menor ideia do que estava acontecendo, apenas que todos os carros que passavam pela nossa direita, buzinavam e seus ocupantes gesticulavam e gritavam freneticamente, tentando chamar a nossa atenção para alguma coisa que acontecia, sem o nosso conhecimento.

40. Tudo ficou esclarecido quando o trânsito pesado e o movimento lento na Av. Princesa Isabel obrigaram o motorista a reduzir a velocidade e a seguir os carros na faixa em que estávamos.

41. De repente, fomos surpreendidos por um motorista que conseguiu ficar lado a lado conosco. Com o rosto e os braços para fora da janela, os passageiros acenavam e gritavam freneticamente, apontando para a nossa roda traseira. Exatamente a roda do meu lado, sob o meu assento, pensei, e vi fumaça subindo e passando pela janela. Espantados, ficamos sem ação.

42. Se minutos antes eu queria chamar atenção de alguém, agora, sem que eu nada fizesse, todos à nossa volta nos olhavam com expressões de terror, gritando como loucos e apontando para nós. Não me lembro de ter passado por situação tão confusa. Sem saber o que fazer, fiquei paralisado.

43. Em seguida, apesar do medo intenso que me deixava sem ação, vi que o freio de mão estava puxado e que era ele que superaquecia as rodas traseiras do carro em movimento. Por isso a roda soltava fumaça, amedrontando a todos que viam a possibilidade do carro pegar fogo. Vislumbrei rapidamente a chance de me safar do julgo dos bandidos, e a minha ansiedade disparou. Aquela seria a minha primeira oportunidade real de dar o fora dali. Eu previa um acidente iminente por falta de freio, que obrigaria os bandidos a abandonarem o carro e me soltarem.

44. Não falei nada sobre o freio de mão, na esperança de fazer acontecer o acidente, mas o bandido da direita, no banco do carona, percebeu o que estava acontecendo e logo o liberou rapidamente.

45. Apesar da confusão causada pela fumaça, ninguém percebeu o meu desespero, a minha

aflição dentro do carro. Fiquei desolado. Lá se ia minha grande oportunidade de me livrar daquela agonia.

46. A Brasília seguia para Copacabana. Tudo voltava à normalidade, e eu não contava com mais ninguém para me socorrer. Uma profunda tristeza se abateu sobre mim.

47. Àquela altura dos acontecimentos, com os riscos de um acidente com o carro reduzidos a zero, os riscos com o sequestro aumentavam. Eu não sabia se sairia com vida ou não.

48. Depois de um breve silêncio, o negão do lado perguntou mais uma vez:

— Como é que a gente sai daqui? Onde é que a gente está?

49. Minha dúvida estava confirmada: eles não conheciam nada mesmo da Zona Sul do Rio de janeiro.

Encantados com Copacabana

50. De repente, do nada, uma expressão de espanto tomou conta do rosto dos três, e, mais uma vez, eu fiquei sem saber o que estava acontecendo. Olhei para os lados, não vi nada de estranho, e foi então que tive a impressão de que eles nunca tinham visto o mar e muito menos a beleza e a grandeza estonteantes de Copacabana. Estávamos na Av. Princesa Isabel e aquilo seria só o começo.

51. Os bandidos estavam tão encantados com o que viam. Com aquele mar à frente, com o cheiro da maresia, com o trânsito intenso, com a muralha de prédios sustentando letreiros luminosos, com a quantidade de lojas, bares e restaurantes, com as pessoas bonitas indo e vindo pelas calçadas, que, por um bom tempo, se esqueceram de mim.

52. No meio da Av. Atlântica então, aí mesmo que eles relaxaram a guarda e me deixaram de lado para vislumbrar o pouco que podiam das ondas agitadas do mar. Ao longo de seus quilômetros de extensão, a beleza da praia oferecia um verdadeiro espetáculo para os três. Eles babavam.

53. Se antes tive a impressão de que eles ainda não tinham estado em nenhuma praia, agora eu tinha certeza. Por várias vezes, quase subimos no meio fio e também por pouco não entramos pela traseira adentro de vários carros que trafegavam na nossa frente, de tão distraído que estava o motorista. Sinal fechado, então, só era visto em cima da faixa de pedestres, o que provocava freadas bruscas. Fiquei impressionado com o efeito que a praia exerceu sobre eles.

54. Então visualizei mais uma chance de fugir e senti que a minha ansiedade aumentara num simples estalar de dedos. Comecei a torcer para que eles esbarrassem num daqueles motoristas embriagados, que dirigiam feito loucos, e infestavam a orla de Copacabana naquela época do ano. Desejei que batessem, discutissem e se engalfinhassem. Pela hora, porém, seria difícil. Era cedo demais para já estarem bêbados e se exibirem, era início e não final de noite.

55. Aceitando mais uma frustração de minhas expectativas, enchi os pulmões de ar e liberei um grande suspiro. Ainda não seria daquela vez. Mesmo assim, mantive-me atento a tudo o que acontecia ao redor. Eu precisava achar ou criar uma oportunidade de fuga.

Tentativa de esvaziar o tanque de gasolina

56. O negão voltou a perguntar como sair dali. Queria ir para a Av. Brasil e, dessa vez, foi bem especifico em sua pergunta. Deduzi logo que queria ir para a Zona Norte, Zona Oeste ou qualquer lugar na Baixada. *Não conheço quase nada dessa região, vai complicar pra mim*, pensei.

57. Pensei também que outra grande oportunidade de me livrar deles seria fazê-los rodar pela Zona Sul até acabar a gasolina. Vibrei mentalmente com essa nova expectativa, mas a minha alegria durou pouco. Droga. O tanque estava cheio. Eu tinha acabado de abastecer, quando esse inferno começou. Infelizmente. O desânimo atropelou a minha esperança. Mais uma possibilidade de fuga desperdiçada. Eu me senti perdido.

58. Ainda assim, os fiz ir até o final do Leblon, Gávea, Lagoa. Depois, os fiz voltar para Copacabana, evitando passar pelo mesmo caminho para não levantar a suspeita de que eu os fazia andar em círculo, de que armava pra cima deles e tentava enganá-los. Mantive-os instintivamente em lugares que eu conhecia bem, porque achava que, no meu território, eu teria mais chances de me livrar da quadrilha. Passamos na frente de todas as

delegacias que eu conhecia e rezei para sermos parados por uma blitz policial. Mesmo naquelas circunstâncias, ainda encontrava forças para ironizar: *Quando a gente não precisa, tem blitz e polícia pra todo canto. Quando precisa, cadê eles? Somem!* E foi o que aconteceu. Mais uma frustração. Era só derrota atrás de derrota, eu pensava tristemente com os meus botões. A essa altura, o desespero já começava a me rondar, me obrigando a tentar me controlar cada vez mais.

59. Enquanto mantinha o carro circulando pela Zona Sul, me dei conta de que aquela poderia ser a última oportunidade que teria de ver as belezas do Rio de Janeiro. Pensando assim, procurei visualizar o Cristo Redentor, para contemplá-lo mais uma vez, talvez a última vez, pensei. Apenas não tenho certeza se consegui, porque os prédios altos obstruíam a minha visão.

60. No final do Leblon, considerei a possibilidade de guiá-los para a Barra da Tijuca, mas relutei um pouco e decidi que não. Naquela época, a Barra era um terreno vasto e vazio e com muito mais vantagens para os bandidos do que pra mim. Guiei-os então pela cabeceira da praia do Leblon e fomos em direção à Ipanema. Observando bem a reação de cada um, tive quase certeza de que eles dariam uma parada para curtir o calçadão. Dava para perceber o quanto ainda estavam extasiados com tudo o que viam.

61. De repente, quando deixávamos a orla, eles ficaram nervosos demais e eu tive a clara impressão de que temiam um encontro com a polícia. Tinham os olhos fixos no trânsito, como se quisessem localizar algo muito importante. Só podia ser uma patrulha,

pensei, sentindo novo ânimo e desanimando em seguida. Até aquele momento, não tinha me ocorrido o quanto seria perigoso ser perseguido por policiais e ficar num fogo cruzado. Também não me ocorrera acreditar que dois garotos apontando uma arma para a minha cabeça, quisessem mesmo me matar. O negão, porque tinha mais idade — dava para perceber pelas atitudes — era quem tinha melhor domínio da situação e quem exercia liderança sobre eles.

62. Em algum momento no trajeto, o negão descansou a arma sobre a perna direita, e eu comecei a suar frio. A arma estava próxima demais da minha mão, e a minha pulsação disparou. Fiquei tão tenso, que enrijeci toda a minha musculatura. Foi como se eu pudesse atacá-lo com a fúria de um felino. Foi muito difícil me controlar. Pensei em me apoderar da arma e me defender, atacar a todos com ela, mas eu sou destro e ela estava ao alcance da minha mão esquerda. Com a esquerda, eu não me garantiria.

63. Mesmo assim, ponderei bastante antes de concluir que estava do lado errado e que, para haver chance daquela investida dar certo, eu teria que estar no lugar do negão e ele no meu. Hoje, quando me lembro desse momento e penso como fiquei dividido entre pegar ou não a maldita arma, sempre chego à conclusão de que agi certo. Eu dificilmente teria tido condições de acertar os três antes que um deles me acertasse antes, ou, na melhor das hipóteses, me dominasse de novo e, só por bronca, me matasse de uma vez. Se fossem apenas dois homens, acredito que teria arriscado, mas, sendo três, decidi pelo não. A arma pode ser de brinquedo, pensei ainda, piorando a situação. Imagine só se, numa hora dessa eu aponto uma

arma de brinquedo para os bandidos, e dois deles reagem com armas de verdade. Isso não ia ser nada bom para mim. Seria o meu fim.

64. Por conta disso, achei melhor esperar por mais uma oportunidade. Eu queria surpreendê-los e precisava de chances maiores de êxito, de pelo menos uns 50% mais.

65.Eu estava pressionado contra a janela traseira, à direita do carro. Para piorar, era um carro de duas portas, posicionadas nas laterais dos bancos da frente. Sem a menor chance de fugir com o carro em movimento, minhas expectativas cresciam cada vez que eles paravam num sinal vermelho e diminuíam quando nada acontecia.

Fuga para o passado

66. Ciente de que eram cada vez menores minhas chances de escapar, comecei a buscar no meu passado algum aprendizado que me ajudasse a lidar com a aquela situação. Talvez alguma coisa que eu tivesse aprendido com minhas experiências anteriores pudesse ajudar. Àquela altura, só me restaria usar o que tivesse de inteligência, malícia e perspicácia, para sair vivo daquele inferno. Eu não tinha dúvidas de que a minha vida estava nas minhas mãos, só nas minhas mãos, e de que precisaria de muita coragem, sorte e proteção dos céus para agir.

67. Então, a partir desse pensamento, passei a ter um comportamento estranho, atípico meu, que me deixou confuso. Comecei a me desligar totalmente da realidade e mergulhar em memórias de infância e juventude, anteriores aos meus 27 anos, minha idade na época.

68. Nesses momentos em que mergulhava nos refúgios das minhas memórias, afastava-me da crueldade que me envolvia e me permitia tomar um pouco de fôlego, para receber uma energia extra que me ajudasse a segurar a ansiedade, até a parada no próximo sinal de trânsito. Ou em qualquer lugar que pudesse me dar novas esperanças de sair vivo. Nos momentos em que voltava à real, sentia que essa energia me imbuía de esperança, força e determinação e me ajudava a resistir a tudo que passava.

69. Entre os flashes das lembranças, eu via os letreiros e as luzes das lojas, as lanternas e os faróis dos carros que passavam em frente à janela através da qual meus olhos se fixavam nas calçadas e nos transeuntes, sem saber ao certo o que queria enxergar. Enquanto isso acontecia comigo, o motorista dirigia aparentemente calmo, em busca do seu caminho.

70. Hoje, acredito que o autocontrole que mantive por todo o tempo em que fui prisioneiro veio da disciplina adquirida com o treinamento em lutas e artes marciais praticadas na juventude. Veio também de um amplo histórico de brigas de rua, em clubes e até em colégios, durante a adolescência, que me deu experiência para todos os tipos de afrontamento.

71. No judô, aprendi a me controlar e a perceber que o melhor ataque era a defesa. Na capoeira, aprendi um pouco de malandragem e agilidade mental. No boxe, aprendi a ter objetividade e a estudar os adversários com calma e frieza para descobrir suas fraquezas.

72. Eu não era de provocar briga, mas, se me via ameaçado, reagia à altura e costumava não medir as consequências. E ganhava. Hoje, olhando para trás, atribuo todas as minhas vitórias em brigas a tudo que aprendi nos tatames, terreiros e ringues das academias que frequentei. Não só as brigas físicas, como também as verbais. Nos confrontos verbais, em que não se chegava às vias de fato, eu também me mostrava superior com bom poder de intimidação.

73. As lembranças fluíam livremente, sem que eu pudesse escolher e controlar sua intensidade. Fiz parte de uma turma de rua que entrava em conflito constante com as turmas rivais. Nós nos autodenominávamos "turmas", mas não passávamos de garotos territoriais e ingênuos apenas. Nossos atos eram puro instinto e espírito de competição. Se comparados com às gangues de hoje, éramos meros escoteiros.

74. Um dos lances mais marcantes dessa época, foi quando me jogaram dentro de um rio, por conta de uma aventura amorosa proibida com a irmã de um rapaz de uma das turmas rivais. Não havia a intenção de matar, mas, entre a altura da ponte e o rio — que era de aproximadamente 3 metros — e pelo estado de poluição das águas, eu corri risco de vida.

75. Não foi fácil me jogarem lá, eu vendi caro essa humilhação. Eles tiveram que suar muito a camisa para conseguirem me dominar. Também não pensei em vingança ou coisa parecida. Muito menos me arrependi. Conquistas amorosas eram motivos constantes de agressão e brigas entre irmãos e amigos. Até hoje guardo lembranças maravilhosas da pessoa amada na época e dos

nossos momentos inesquecíveis que valeram cada soco, pontapé e o banho fedido no rio, já muito poluído naqueles tempos.

76. As lembranças eram muitas, passavam rapidamente como um raio de luz, e me davam confiança para resistir ao que eu vivia dentro daquele carro. Percebi que no espaço de tempo que levamos para percorrer um único quarteirão, minha vida passou como um filme diante dos meus olhos. Percebi também que bastava eu olhar para a minha condição de refém, de desvantagem numérica e de alvo de três armas engatilhadas e apontadas para mim, que a confiança sumia e vinha a consciência de que as minhas chances eram mesmo mínimas.

77. Restava-me mesmo esperar que a maior de todas as minhas vitórias acontecesse. Aquela que se vence sem precisar lutar. Usar de oportunismo, de inteligência e de muita calma seria a minha única alternativa.

Momentos marcantes

78. Outras experiências colaboraram para fortalecer o meu espírito. Como a queda de um cavalo ao qual eu montava em pelo. Estava descendo o pasto em disparada, quando caí e levei um coice muito forte no pescoço e na mandíbula. Fiquei uma semana sem mastigar e sem conseguir falar direito, mas, apesar da dor, senti que o acidente tinha servido para me fortalecer. Se o coice de um cavalo não me derrubara não seriam uns bandidos de merda que o fariam. De lá para frente, a palavra medo saiu do meu dicionário e eu passei a enfrentar as adversidades com mais valentia e confiança.

79. Em outra ocasião, lancei-me ao mar revolto da praia de Itacoatiara, em Niterói, abraçado a uma banheirinha de plástico para bebês. Peguei-a de minha filha de 2 anos, que brincava na água junto da mãe, para salvar um rapaz que se afogava.

80. Quando o alcancei, ele se debatia muito e estava quase afundando. Um dos seus braços tocou a minha mão, eu o segurei e puxei imediatamente para cima. Ao ver a boia, ele a agarrou em desespero. Estava apavorado. Constatei então a fragilidade do plástico que nos mantinha boiando e tentei conversar para mantê-lo calmo, ao mesmo tempo em que procurava me concentrar para nos manter vivo.

— Nós vamos morrer? — Ele me perguntou com uma expressão de pavor nos olhos. A minha reação surgiu como um relâmpago e me fez responder num tom de voz muito confiante:
— Não! Nem eu e nem você! É só você se segurar de leve na banheirinha para ela não estourar, que nós vamos ficar aqui esperando ajuda. Se ninguém vier nos pegar, a gente vai acabar chegando em Copacabana ou em Ipanema. Estamos de frente para elas, olha lá. É só esperar que a corrente e a maré vão nos levar pra lá.

81. Ele me olhou com o olhar ainda mais assustado. Do ponto em que estávamos, mal dava para ver as praias das quais eu falava. O pobre coitado deve ter achado que eu era maluco.

82. Foi só quando cheguei ao rapaz, porém, que me dei conta de que não sabia nadar o bastante para ajudar alguém se afogando e que, talvez, eu fosse mesmo maluco. Tentei localizar a praia

de Itacoatiara e vi o quanto a corrente tinha nos afastado da areia. Estávamos tão longe, que eu não conseguia identificar as pessoas ali. Tentei sinalizar para alguém chamar os surfistas ou as lanchas que estavam no outro extremo da praia, mas de nada adiantou. Um muro de humanos inertes se formara ao longo da areia e ficara observando a nossa luta pela vida, sem ninguém mexer um dedo sequer para nos ajudar. Entre uma onda e outra, eu perdia a visão de tudo. Sentia-me cercado por paredes de água e por meros expectadores que pareciam esperar passivamente pelo final corriqueiro que o mar impunha aos desavisados: o afogamento. Não, nós não acrescentaríamos nossos nomes à lista de vítimas daquela praia maravilhosa, porém traiçoeira, pensei.

83. Não sei se foi sorte ou proteção espiritual, mas, contrariando as expectativas dos banhistas e também a minha, as correntes começaram a nos carregar de volta à praia. A sensação de alivio foi maravilhosa. As minhas forças estavam se esgotando e a minha resistência estava no limite. Se tivéssemos sido levados para alto mar teríamos morrido afogados.

84. Quando chegamos perto da praia, o rapaz largou a banheirinha, saiu nadando pela água, depois correndo pela areia e, sem se despedir, desapareceu no meio dos banhistas que ainda me observavam curiosos.

85. Extremamente cansado, permaneci agarrado à boia até chegar o mais próximo possível da areia. Já bem perto da arrebentação, vi um banhista com água na altura do peito me olhar a uns cinco metros de distância, e pensei: *Aqui já dá pé*. Larguei

a boia que resistiu milagrosamente ao nosso peso e agarrões e me lancei à praia. Foi quando o pior aconteceu e me vi afundando e bebendo água pela boca e pelo nariz.

86. *Uma vala!*, pensei rápido, e este foi o pior momento entre todos o que passei. Meu corpo foi puxado bruscamente para o fundo, até eu sentir os pés tocarem a areia. Por instinto, impulsionei-me para cima e fui logo atingido por uma onda que me arremessou à praia. Eu era um náufrago e o mar finalmente me devolvia à superfície.

87. Deitado na areia, quase desfalecido e fora do alcance das ondas, me refiz com rapidez. Confirmei que estava no extremo oposto da praia e saí me arrastando pela areia escaldante. Estava no limite da minha resistência, mas o mais importante era chegar a minha família que me aguardava, apreensiva.

88. No meio do caminho, uma jovem se aproximou e cordialmente me ofereceu uma garrafa d´água. Foi um alento e tanto. Eu tinha engolido muita água salgada, estava cheio de náusea e com a garganta ressecada, queimada pelo sal marinho. Lavei bem a boca, fiz um gargarejo para refrescar a língua, os lábios e o interior. Tudo isso debaixo de um sol de verão de meio-dia. Agradeci do fundo do meu coração e segui ao encontro da minha esposa e da minha filha.

89. Mais adiante um pouco, uma senhora me surpreendeu com um abraço tão forte e emocionado, que por pouco não expulsou toda a água acumulada dentro do meu estômago. Depois, puxou gentilmente o meu rosto para baixo

e me deu um beijo carinhoso na testa. Pela emoção que nos envolveu, percebi que era a mãe do rapaz que eu acabara de salvar. Seu olhar emocionado de mãe foi o agradecimento mais sincero que lembro de ter recebido ao longo da vida. Senti o desejo de viver o suficiente para um dia rever o rapaz e a mãe. E também a moça gentil com a água mineral. Será que se lembrariam do ocorrido tão bem como eu?

90. Saí dos meus devaneios e voltei o olhar para os ocupantes do carro, ainda distraídos e sem saber se prestavam atenção ao trânsito, a uma possível blitz, ou a uma rádio patrulha em movimento. Por um bom momento, ninguém falou nada. Nem entre eles, nem eles comigo. E mais lembranças vieram.

91. Dessa vez, foi a imagem de vários momentos em que me vi acuado numa vila estreita ou no fundo de um beco, por rivais em maior número do que eu. As ameaças eram sempre as mesmas, espancamento e outros meios de humilhação e submissão, como cusparadas na cara e empurrões. E os conflitos também aconteciam por outros motivos que não apenas o namoro com irmãs de membros de grupos rivais: disputas de peladas, bolinhas de gude, peão, vôlei e principalmente um jogo denominado garrafão. Era um jogo violento. Exigia muito contato físico e sempre acabava em desentendimentos e brigas.

92. Eram tensões passageiras, que não duravam mais que alguns minutos, mas que se renovavam sempre que um novo estopim era aceso, explodindo em novo conflito.

93. Por fim, percorremos a orla, desde o Leblon, passando por Ipanema e Copacabana. Dali para

frente, pensei, eles não teriam mais com o que se encantar e voltariam a se lembrar de mim. Para piorar, logo me dei conta de que estávamos novamente no aterro, e o medo me dominou mais uma vez. Estávamos saindo da minha área de conforto e indo em direção ao cais. Não tenho palavras para externar o quanto foi difícil percorrer toda aquela extensão do porto. Estava muito escuro. Não havia nem uma santa alma por ali. Mais do que medo, eu me sentia aterrorizado.

Ameaças

94. Do cais do porto, eles foram para a saída que dava na Av. Brasil. Erraram a entrada que queriam tomar e entraram por engano no bairro do Caju. Conhecedor do Rio como eu era, eu sabia que os lugares por ali eram todos ermos e escuros, propícios para qualquer ato de violência. Num determinado momento, eles interromperam o silêncio e perguntaram:

— Onde é que nós estamos? — Isso já era por volta das oito e meia da noite. Relaxei um pouco quando percebi que eles não tinham a intenção de estar ali. Que a parada lá fora por acaso, mas que o isolamento e a escuridão acabaram sendo providenciais para seu propósito. Longe de tudo e de todos, os bandidos resolveram parar o carro, fazer um rápido reconhecimento de área e descansar.

95. Reconheci o Caju por ser uma área de concentração de estaleiros de todos os portes. Eu trabalhava do outro lado da Baía, em Niterói, na Ilha da Conceição, e visitava constantemente alguns estaleiros da região.

96. Logo os bandidos viram que o local era adequado para o que tinham em mente. De início, pararam num beco estreito, fundo, bem isolado e, em seguida, foram para um local um pouco mais amplo onde desligaram o motor e começaram a me pressionar ainda dentro do carro.

97. Os três me ameaçavam ao mesmo tempo, me deixando confuso e com medo de que tudo o que diziam se tornassem atos contundentes de violência física. Até aquele momento, as ameaças tinham sido poucas e vagas, por estarmos no transito e ser muito arriscado chamar a atenção. Agora, porém, eles estavam livres para falar e fazer o que bem entendessem.

98. Eram ameaças gritadas e repetidas pelos três, num espaço muito curto de tempo. Eu não conseguia dar atenção a todos e fui me sentindo confuso, atordoado. Também num curto espaço de tempo eles foram se tornando mais violentos, me atacando com golpes duros com as armas e com os punhos. E gritando repetidamente:

— Vamos dar um teco nele agora! Vamos matar esse cara de uma vez! — Cheguei a pensar que morreria ali mesmo. Foi aterrorizante.
— Vou te dar um teco, vai morrer! — repetiu um deles para mim, e depois se dirigiu ao parceiro: — Aperta logo ele! Revista ele, porra!

99. Ainda hoje, a imagem dos três com as armas em riste, apontadas para a minha cabeça, é tão real quanto o que vivi no próprio momento. É como se eu também revivesse a sensação dolorida das coronhadas, dos socos e dos tapas recebidos de todos os lados, deixando meu rosto, costas e ombros

latejantes e inchados. As agressões físicas eram uma tentativa deles de me enfraquecer para conseguir me amedrontar e intimidar, como muitas vezes outros tentaram fazer comigo na adolescência. Também, da mesma forma que na adolescência, eu me defendi como pude, chegando a conseguir certo êxito, pois não foram muitas as luxações, hematomas e escoriações mais sérias.

100. Durante as agressões, apesar da escuridão total, eu me esforçava ao máximo para descobrir se todas as armas eram de verdade ou não. Louco para reagir, se eu soubesse que eram de brinquedo, qualquer reação minha poderia ter mais chance de sucesso.

101. Mesmo com tudo acontecendo muito rápido e sem eu enxergar bem por causa da falta de luz, o tempo todo eu maquinava um jeito de pegar a arma de um e balear os outros dois. Em minha fantasia, talvez por influência de filmes de cowboy, eu arrancaria a arma num golpe surpresa, me protegeria com o corpo do próprio bandido desarmado — um escudo vivo — e atiraria em um por um com a maior rapidez.

102. Seria preciso feri-los gravemente, deixá-los sem condições de reagir. Claro que seria uma ação de sucesso duvidoso, pois eu não era nenhum herói de cinema, afinal de contas, mas eu não conseguia me ver morrendo de forma tão passiva, como um animal de abate.

103. Tantas coisas eu imaginava que, numa certa altura dos acontecimentos, admito que estava difícil definir o que era real e o que era imaginação. Os três continuavam berrando, e a movimentação

de seus braços me batendo dentro do carro escuro me deixava sem iniciativa alguma. Nada havia que eu pudesse fazer de mais efetivo para evitar a surra que levava, exceto tentar me proteger virando o rosto e o corpo para baixo e para os lados. Da mesma forma, nada do que eu fale aqui conseguirá descrever o que se passou. Esforço-me para seguir uma linha única de pensamento, resgatar a memória para me livrar dela, mas sempre sou tomado por um turbilhão de visões apavorantes que me confundem e me fazem voltar àquele linchamento.

104. Apavorantes, mas que também me fizeram achar graça. Você pode me chamar mesmo de maluco, mas, cada vez que me lembro do outdoor com a foto da Brasília e um executivo sentado no banco de trás, com o braço esticado apoiado em uma maleta de mão, tenho vontade de rir muito. "Interior amplo e espaçoso", dizia a legenda, com a qual tenho certeza de que os bandidos não concordariam. "Espaçoso, o caralho", diriam eles. Faltou espaço para me golpearam com mais força. Sorte a minha.

105. De repente, depois de tanto me bater, eles me tiraram do carro e foram me levando em direção a um muro. Não me pergunte como me tiraram dali, porque isso eu não sei. Lembro apenas do medo de pisar em falso e cair, pois não via um palmo à frente do nariz. Nem iluminação de rua existia. Eu estava cercado pela escuridão e envolto numa nuvem de grande incerteza, abandono e sofrimento por me encontrar tão desamparado.

106. Tropecei algumas vezes e fui então encostado num muro. Numa parede fria de tijolos.

107. Uma fisgada no tornozelo direito sinalizou que eu havia torcido o pé, num dos meus tropeços. Em seguida, o negão foi me empurrando pela nuca e me levou para o outro extremo do muro, a poucos metros do carro. Saí mancando, o tornozelo doía.

108. Contra o muro, de frente para os três bandidos, me senti encurralado. Não tinha como fugir. Além das armas que continuavam apontadas para mim, eles prenderam fortemente os meus braços e pressionaram o meu peito contra a parede para me manter imobilizado. *A situação não tem mais como piorar*, pensei. E errei.

109. O pior ainda estava por vir. O muito pior. Coisas que eu nem fazia ideia, por nunca ter chegado tão perto de selar o meu destino.

110. Levei um tapa forte na cara. Instintivamente, tentei levantar os braços para proteger o rosto e fui atingido na boca do estômago por um soco potente do negão. Curvei-me de dor, deixando a nuca e as costas desprotegidas. E levei mais socos, muitos socos que causaram dores agudas nessas regiões e me fizeram ter dificuldade para respirar.

111. Agarrado pelos braços, fui jogado mais uma vez de costas para o muro e voltei a ficar cara a cara com os três. As dores desapareceram assim que vi as armas ainda apontadas para mim. Meus sentidos estavam concentrados somente na visão e na audição. Eu só me percebia do pescoço para cima. Parecia que o restante do corpo não existia. A apreensão me sufocava.

112. Querendo me imobilizar permanentemente, eles tentaram amarrar as minhas mãos, mas não

encontraram nada que servisse. Procuraram no carro por um pedaço de corda, arame, qualquer coisa em forma de tira, e como também não encontraram nada, abandonaram a ideia. Viram então um pedaço de pano velho caído no chão e tentaram vendar os meus olhos. Tremi de medo. Se a escuridão já me impedia de enxergar, por que me vendar? Encostaram o trapo no meu rosto. *Isso deve estar imundo,* pensei. Mas, para minha sorte, o pano era curto demais e não deu para contornar a cabeça e amarrar. Irritados, eles desistiram de me imobilizar e vendar e, mais uma vez, me empurraram bruscamente contra o muro.

113. Nessa hora começou um novo interrogatório:
— Onde você mora?
— O que você tem?
— Quantas pessoas moram na sua casa?
— Tem joia em casa?
— O que tem de valor lá?
— Fala logo senão morre!
— Tua grana, cadê a tua grana, porra! Cadê?!

114. Revistaram-me de novo, bolso por bolso. Reviraram minha capanga e o porta-luvas da Brasília. Eles estavam se sentindo machos, invencíveis. Eram três contra um. E armados. Os dois bandidos mais jovens insistiam o tempo todo com o negão para ele me dar um "teco", e eu esperava pelo pior.

115. Minha revolta e meu desejo de virar o jogo, de reagir com golpes que sabia aplicar, latejavam na minha mente. Mas eu não podia, dois ali queriam me matar. O meu desafio maior era o de me controlar, de não fazer nenhuma besteira. Eu era um só, desarmado. Qualquer reação minha poderia ser uma sentença de morte.

116. Hoje, penso que aqueles homens, como ratos, estavam acostumados a viver no escuro. A agilidade deles naquele beco me impressionava. Tinham muita destreza nos movimentos e se mexiam com segurança, sem hesitação. Movimentavam-se com tanta desenvoltura, que meu desejo para que caíssem e se machucassem era em vão. Queria que pisassem em pregos, em cacos de vidro. Tropeçassem e quebrassem uma perna, um braço. Qualquer coisa que os fizesse sofrer, sentir dor e que me permitisse sentir um pouco vingado. Joguei praga e torci pelo pior para eles. Qualquer coisa que pudesse dar fim ao pesadelo em que me encontrava.

117. Um deles, o que se sentara na frente, do lado do motorista, era o que menos falava, e por isso, o mais assustador. Tinha os olhos fixos em mim e observava os meus mínimos movimentos. Parecia esperar ansiosamente por algum deslize meu, algum ato imprudente que lhe desse a oportunidade de me dar o teco que tanto queria.

118. Devia ser o menos experiente. Eu podia apostar que o seu silêncio e a sua vontade de me matar era uma mistura de medo profundo e necessidade de se afirmar no grupo. Eu que servisse de degrau para sua ascensão no mundo do crime. Eu que morresse.

119. Do nada, a movimentação deles mudou e eles ficaram mais calmos. Eu também, apesar de já terem tatuado o medo em meu cérebro. Duraram pouco as agressões, eu acho, pois não tinha nenhum controle do tempo. Fosse um segundo ou uma eternidade, o tempo passava como se fosse um só. Tempo de temor constante

120. Logo, recebi um pescoção de surpresa, e eles me fizeram ajoelhar sobre o entulho e o lixo espalhados. Senti um desconforto nos joelhos. A tensão causada pelo turbilhão de sentimentos — medo, angústia, revolta —, não me deixavam mais sentir qualquer outra dor.

121. De repente, um dos menores gritou, como se não tivesse prestado atenção ao que acontecia:

— Vamos amarrar ele!
O negão respondeu:
— Com o que, seu bosta? Não tá lembrando que não tem com o que amarrar?

122. Claramente, eles não tinham experiência em sequestro. Eram amadores. Tinham discussões estúpidas, e sofriam de um nervosismo sem limites, de um medo que chegava a saltar de seus semblantes. Quando eu tentava avaliar qualquer coisa a respeito deles, constatava que eram muitos jovens e estavam apavorados. Não tanto quanto eu, mas estavam também.

— Tira o cinto dele! Amarra ele com o cinto! — gritou o motorista, me tirando dos meus pensamentos.

123. Mandaram que eu tirasse o cinto, e eu pensei: *vou ficar de bunda de fora, de novo*. Como eu demorei alguns segundos para fazer o que pediam, eles mesmos começaram a abrir a fivela e puxar o cinto. Estavam nervosos e não conseguiam pegar o jeito. Não havia entendimento, cada um tinha uma ideia diferente, e os movimentos saíam descontrolados. Fui empurrado para o lado, caí e apanhei para que me levantasse e facilitasse a vida deles. Me colocaram de pé, depois sentado no chão, depois, mais uma vez, de joelhos. Enfim,

apesar do medo, eu me surpreendia com as trapalhadas dos três.

124. Os branquelos deviam ter entre 14 e 16 anos. Dezesseis, no máximo. O negão, entre 18 e 20. Era bem mais forte do que os outros dois, e por mais estranho que isso possa parecer, eu me sentia seguro com ele, protegido contra a imaturidade dos outros.

125. Nesse momento me ocorreu: eu tinha bom relacionamento com negros. Talvez por ser neto de avó africana — descendência que me favorece até hoje — me sinto protegido por eles. Tenho certeza de que o meu anjo da guarda é negro. Ou talvez tenha sido adotado por um ancestral negro que, do seu plano espiritual, decidiu me proteger.

126.Em muitas situações de diversas naturezas, um negro me salvou, apoiou, ajudou ou intercedeu por mim. Não foi uma só uma vez que fui salvo por um negro. Quase sempre, em situações delicadas, quando eu preciso de uma mãozinha amiga é uma mão negra que se estende para me socorrer. Lembrando disso, a partir daí, investi no negão. Dirigia-me sempre a ele, mostrando o meu respeito e reconhecimento por sua autoridade.

127. Pretendendo manter a calma, ao menos na aparência, eu mantinha vigilância sobre as armas, olhando para a boca do cano das três, invariavelmente apontadas para o meu rosto. Eu não tinha nem um segundo de folga. Na escuridão, fosse imaginação ou verdade, os canos pareciam imensos.

128. De dia, quando ainda estávamos no carro, elas eram menores, mas não menos assustadoras. O

motorista, que dirigia com a arma na mão esquerda — dificultando o controle da direção —, permanecia o máximo possível de tempo apontando sua arma para mim. O carona — provavelmente o mais novo — ficava de costas para o painel do para-brisa com o cano virado para a minha cabeça. O do banco de trás me ameava pela lateral. Eu era um homem sob tripla ameaça.

129. Naquela situação, ali de pé no escuro e encostado no muro, quase perdendo a esperança de sair daquela grande furada, eu pensava o tempo todo em fugir, mas não via mais como escapar. A minha destreza nas lutas marciais e nas academias, as brigas de rua das quais eu me orgulhava tanto, nada podiam fazer para me ajudar. Por mais que eu soubesse que em vários momentos poderia desarmar um, até dois, o terceiro indivíduo teria tempo para reagir, e eu seria baleado. Com tantas impossibilidades, a estratégia que me restava era mesmo ganhar a simpatia do negão para evitar o pior. E o pior seria ser executado ali, a qualquer minuto, sumariamente.

130. De repente, ouvi o estampido de uma das armas bem próxima da minha cabeça, e a confusão que se instalou entre eles me deixou atônito. Cheguei ao ponto de não saber mais se estava morto ou vivo. Estaria ferido? Apesar das ameaças, eu não acreditava realmente que pudesse levar um tiro. Fé, talvez. Fiquei confuso, atordoado com o silêncio que se seguiu. Silêncio somente quebrado pelo grito de um deles:

— Atira de novo, dá outro teco! — E repetiram o disparo. Uma e outra vez. Ao todo, foram três tiros.

131. Foi o negão que disparou, pensei. E acho isso até hoje, pois acredito que, se tivesse sido um dos outros, eles teriam me matado. Não fosse por vontade, seria pelo nervosismo e pela inexperiência deles.

132. Não sei como colocar no papel o que senti naquele momento. Tive a sensação de que a minha alma não esperou a bala me atingir, simplesmente sambou fora e, quando percebeu que eu não tinha sido acertado, voltou correndo. Brinco porque não poderia retratar tudo o que me aconteceu de outra forma. Muito menos suportar todo aquele terror por uma segunda vez. O humor me salva.

133. Vi a morte de perto e desliguei novamente. Senti o desejo desesperado de ter à mão uma das minhas facas de arremesso. E toda uma história veio junto com esse desejo. Uma história que me faz crer em reencarnação.

134. Algum tempo atrás, quando fiz uma regressão de memória, me afirmaram que a minha origem cósmica era nórdica e que fui um viking em vidas passadas. Prova disso, disseram, era a forte atração que desde garotão eu sentia por facas, espadas e machadinhas. Eu não perdia nenhum filme, nenhum livro. Enfim, tudo sobre a cultura e a mitologia nórdicas me impressionava demais. Até hoje é assim.

135. Outro fato interessante é que só tenho interesse por mulheres loiras ou ruivas. Brancas, de pele leitosa, como as mulheres nórdicas são. Tão grande é minha ligação e afinidade com elas, que o simples fato de as ver chega a me afetar positivamente, até mesmo seu eu estiver doente. O que aconteceu uma vez.

136. Numa época em que morei na Austrália, tive o infortúnio de levar um tiro no peito. Era um cartucho pequeno, desses para matar pássaro, mas que me levou ao hospital. Estava muito mal, me disseram os médicos, mas comecei a reagir e a me animar milagrosamente quando uma enfermeira loura, uma bela norueguesa, juntou-se à equipe para me operar. Um milagre para uns; coisa do além para mim.

137. Fui para a Austrália em 1968. Folheava uma revista que me deixou apaixonado pelas loiras e ruivas australianas e, como eu estava querendo morar um tempo fora, sem saber direito onde, decidi que iria para lá. De lá, eu pretendia ir depois à Suíça e dar ainda um pulo na Noruega, para visitar a terra que me acolhera em minha chegada a este planeta. (Você pode não acreditar em nada disso que estou falando, mas sim, levo tudo isso a sério). A viagem à Noruega, porém, acabou não acontecendo.

138. Morei 20 meses Austrália e nesse período de tempo me relacionei com as loiras e ruivas mais lindas que já vi na vida. Uma delas, minha namorada, voltou comigo para o Brasil. Outras duas, amigas, vieram depois me visitar. Fiz amizade com alguns australianos também que, pelo meu jeito aparentemente irreverente, não economizavam adjetivos brincalhões para mim, "Brazilian bastard" foi um deles.

139. Com o tempo e com toda a história de cultura nórdica, acabei desenvolvendo uma técnica de arremesso de faca. Passava minhas horas de folga praticando o alvo nas portas do alojamento da mina de cobre onde trabalhava e, depois que

conheci um canadense e o ensinei a arremessar também, passamos a praticar uma modalidade nova de arremesso. Nós nos posicionávamos de frente um para o outro, a uma distância de aproximadamente 3,5 m a 4 m, e atirávamos as facas o mais próximo possível dos pés do oponente. Quem chegasse mais perto, ganhava o jogo.

140. Na minha coleção, havia facas de todos os tamanhos. As médias deviam ter lâminas entre 12 e 15 cm, (algo bastante intimidador para os demais companheiros da mina). Apesar da frequência dessa brincadeira nada inteligente, nenhum de nós jamais saiu ferido. Às vezes, a faca fincava no chão a 2 ou 3 centímetros dos nossos pés, apavorando não só a nós mesmos, como também aqueles que nos assistiam, amontoados a nossa volta. Por essas e outras, ninguém queria confusão comigo. Eu era temido, respeitado.

141. A vida é engraçada, pensei, prestes a voltar à realidade em que me via. Eu, o sedutor, o destemido. O que conquistava mulheres e derrotava rivais com golpes de boxe e judô... Lá estava eu agora, feito um brinquedo nas mãos de adolescentes delinquentes. Eu que parasse de me gabar de meu passado e tratasse de tentar descobrir um estratagema seguro, com pelo menos alguma chance de dar certo.

142. Recuperado do susto dos estampidos e tendo certeza de que eu não havia morrido, fui voltando ao normal e notando que os bandidos não tinham feito nenhum planejamento. A decisão por me sequestrar fora algo de improviso, de momento, e eu estava me tornando um fardo para eles. Eles queriam dinheiro e o carro. O carro estava ali, era

só pegar. Quanto ao dinheiro, esse era o problema maior. O que eu tinha no bolso não os satisfazia.

143. Começaram então a querer me obrigar a levá-los até a minha casa, para fazerem uma limpa. Levar tudo que pudessem carregar. Quem estava fazendo as perguntas sobre os meus bens era o negão. Ele estava no comando.
— Quantas televisões você tem? Tem tevê colorida? E aparelhagem de som? Queremos ouro, joia. Tem mulher que usa joia? Fala, porra!

144. Por mais confuso que eu estivesse, tinha sã consciência de que não podia fazer o que insinuavam. Se o fizesse, colocaria a vida da minha noiva em risco também. Foram momentos difíceis. Também meu endereço nesta época era bem exclusivo e incomum: uma casa no bairro de Santa Teresa. Uma casa dentro de um condomínio de dificílimo acesso.
— Condomínio? — perguntou o negão, sem entender do que eu falava.

145. Se eles não entendiam o que era um condomínio, o que diriam do fato de o único acesso à minha casa ser por meio de um bondinho monotrilho? Certamente achariam que eu era um ET. Esse bondinho fazia o transporte de moradores e de cargas em geral. Tinha capacidade para três passageiros, mais o motorista, e levava em média uns 10 minutos para subir. Raramente o encontrei estacionado esperando por nós, moradores. O normal era ter que ficar esperando a sua volta.

146. Se não conseguisse convencer os sequestradores de que não seria uma boa ideia levá-los até a minha casa, o que aconteceria?

Eles teriam que se dividir em duas viagens. Depois, descer com o produto do roubo em etapas. Um homem dentro de um bondinho com uma televisão e uma arma na mão... O que fariam para não parecerem ladrões?

147. A minha recusa desencadeou mais uma sequência de agressões. Novamente posto de costas contra o muro, fui alvo de empurrões, chutes e socos. Eu devia estar protegendo a cabeça com as mãos, porque não percebi a hora que um deles ameaçou atirar de novo.

148. Foi um estampido tão próximo do meu rosto, que a pólvora chegou a chapiscar minha face esquerda. Meus tímpanos ficaram totalmente entorpecidos. O barulho terrível dos outros estampidos ainda ecoavam no meu cérebro. Algo difícil de suportar. Lembro de ter me rendido aos céus e entregado minha alma a Deus. Roguei a São Jorge, a Ogum, para que me protegesse. Eu, seu devoto fiel.

149. Finalmente, com minhas explicações, eles desistiram da ideia de ir à minha casa. Foi o negão que deu a palavra final. Percebi com certo orgulho que ele me ouvia. Ou ao menos considerava o que eu dizia. Isso me encorajou a tentar interagir com ele.

Ou tudo ou nada

150. Vendo que os três delinquentes viviam um impasse sobre o que fazer, uma vez que não poderiam ir a minha casa, me descontrolei por completo e tive uma atitude de tudo ou nada. Eles já estavam abusando do meu controle emocional.

O negão ia começar nova sessão de tiros, quando minha paciência chegou ao fim e eu disse, aos berros:

— Porra, meu irmão, se vai matar, mata logo! Vocês são muito chatos, caralho! Nem sabem atirar direito com essa merda aí. Vamos, vamos logo com isso! Mata, porra!! Mata, mata! Mas não encham mais o meu saco. Chega, porra! — E continuei dando uma de maluco, berrando para três pares de olhos arregalados e voltados para mim.
— Bandidos de merda que vocês são! É isso mesmo, porra! Já estou de saco cheio de vocês. Caralho! Pensei que um dia fosse morrer nas mãos da policia e acaba que estou aqui, me humilhando com uns bandidinhos de merda.

151. "Um rompante suicida". Só assim posso descrever o que fiz. Os três me olharam surpresos pela minha reação. Eu também. Eles esperavam tudo, menos aquilo. Fiquei apreensivo com o que acabara de fazer, achava que tinha posto tudo a perder, mas o negão reagiu de modo especial. Notei que, aos poucos, ele começou a simpatizar comigo. A acreditar em mim. A me encarar quando me ameaçava ou conversava.

152. Para minha surpresa, ele deu um suspiro e, como se relaxando um pouco, virou para os outros dois, e disse:

— Olha só! O cara é doido, não bate bem não. Qual é, chefia? Tá com pressa de morrer? HaHaHa! HaHaHa! — E caíram na gargalhada.

153. Sem saber o que pensar, raciocinei rápido e considerei que aquele era o sinal que eu precisava. Eu havia baixado a guarda deles. Isso

era importante. Coloquei então minha imaginação para funcionar e fui buscando ideias e lembranças em todos os filmes de aventuras policiais que eu já havia visto. Um deles deveria ter alguma coisa que pudesse me ajudar. Entrei nesse clima e não deixei a ideia se perder.

154. A ideia era eu me identificar com eles. Tentar ganhar a simpatia deles e me aproveitar dela. Já sabia que eles eram amadores, inexperientes, e que estavam apavorados também. Com a brecha que me deram, aproveitei para tentar me impor e tirar proveito da situação. Assumir a liderança. Tudo de forma consciente e também instintiva. Tinha ganhado a atenção deles e agora restava conquistar a confiança. Comecei então a me soltar mais, a participar das conversas. Entre lobos, você tem que fingir que é um deles, lembrei do velho ditado e, a partir daí, comecei a afirmar que era bandido também, o que eu já havia insinuado quando disse que achava que morreria pela mão da polícia.

155. Voltamos para o carro e só me lembro de estar de volta à Avenida Brasil, em direção à Zona Norte, sentado no mesmo lugar e na mesma condição de encurralado que estava desde o início.

156. Sofri então nova avalanche de lembranças e algumas ideias me vieram para contornar a situação. Um pensamento recorrente me impressionou: a minha sorte. Me peguei conjeturando a respeito dela. Lembrei-me de que me considerava um protegido dos deuses. Já passara por várias situações de perigo na vida, e ali estava eu de novo, passando por mais uma. Em silêncio, conversava comigo mesmo: Será que

sobreviverei a mais essa também? A sorte sempre me sorriu, quando eu mais precisava. Sempre me saí bem de situações perigosas. Isso me confortava e revitalizava a minha esperança de sair vivo daquela parada dura.

157. Também já havia sido desenganado duas vezes por causa de doenças. Até extrema-unção recebi aos 13 anos de idade. Depois, sofri um acidente de trânsito em que o carro acabou, mas eu saí ileso. Ileso também saí do ataque de fúria de um marido ciumento na Austrália. Então me lembrei de uma experiência em uma mina de cobre.

158. Na Austrália, trabalhei em minas de cobre que chegavam à profundidade de 600 a 900 metros. Era um trabalho bruto, árduo, em que perfurávamos e dinamitávamos paredões de pedra, diariamente.

159. Um caso especial ocorreu comigo e um grupo de quatro mineiros, cada um de uma nacionalidade. Nós nos embrenhamos por uma parte desativada e remota de uma mina para provocar uma explosão em um BUT — but é um orifício de aproximadamente 12 cm de profundidade, o que resta de um buraco de aproximadamente dois metros, após uma explosão.

160. A ideia era ficar a uma distância segura e observar o estrago. Jogamos a dinamite e, nos segundos que levaria até ela estourar, concluímos que o poder daquela explosão num local lacrado como o que estávamos seria um perigo muito grande para nós. O risco de um desabamento era altíssimo, havíamos sido imprudentes e estávamos entregues à própria sorte. Durante esses segundos, para nosso maior desespero, um grupo inteiro de

inspetores ainda apareceu na extremidade do túnel, se aproximando do lugar onde se daria a explosão. Fizemos sinal para que eles não se aproximassem e já estávamos esperando pelo pior, quando, por milagre, nada aconteceu.

161. Seguiu-se então um desentendimento entre os quatro do grupo. Uma série de acusações mútuas sinalizando um descontrole total. A banana de dinamite ainda poderia explodir a qualquer momento. Estava ali, no meio do caminho de volta, nos deixando com duas opções: ou ficávamos onde estávamos, aguardando o explosivo detonar, ou um de nós teria que se aproximar e remover o detonador e o estopim da cabeça da banana de dinamite.

162. Ninguém se ofereceu. Não havia a menor possibilidade de alguém ir lá desativar a bomba. Sabendo que não havia outra saída, não pensei muito, e acabei me voluntariando. Sobrou pra mim, pensei. E se eu não tivesse me oferecido, ou teríamos virado carne torrada e moída, ou estaríamos lá até hoje, esqueletos ressequidos. O pânico já era evidente.

163. Decidido a acabar logo com aquela situação e arriscando morrer se fosse preciso, fui me esfregando pela parede esquerda do túnel em direção à banana de dinamite. A cada passo, o suor escorria pelo meu rosto. Quando o estopim ficou ao alcance do meu braço, não perdi tempo, me estiquei todo, agarrei-o fortemente e, com um puxão, arranquei o detonador da banana, puxando pelo estopim.

164. O alívio foi profundo. Com a cabeça de dinamite numa mão e o detonador e o estopim

na outra, voltei para o grupo que continuava se protegendo atrás dos entulhos.

— Acabou, não haverá mais detonação — disse eu, que, por curiosidade, inspecionara o artefato e constatara, assombrado, que o fogo cessara a 5 cm de distância do detonador. Coisa de filme.

165. Coisa de filme também foi a reação do grupo depois de passado o risco. Nunca mais nós nos dirigimos uns aos outros. Apesar de estarmos dia após dia no mesmo ambiente, passamos a agir como se fôssemos estranhos. Tenha sido por vergonha, medo ou por qualquer outro sentimento mal trabalhado, foi uma experiência profundamente traumática.

166. Eu devia mesmo ser protegido dos deuses, pensei ali, relembrando as várias situações de risco a que me submetera na vida e das quais me livrara sempre com final feliz. Comecei a me sentir mais calmo e confiante então. A sorte me acompanhava. Que Ogum Megê, São Jorge Guerreiro, não se esquecesse de mim.

Mentiras

167. O motorista acelerava fundo — 120, 130 km por hora – o máximo da Brasília. Tirava fino de carros, ônibus e caminhões. Mas uma vez reagi. Briguei com eles para que dirigissem normalmente, evitando chamar a atenção dos outros carros. Ninguém estava nos perseguindo. Não havia sentido em dirigir daquela forma.

168. Expliquei que, daquele jeito, eles poderiam despertar a atenção da polícia, e ela passaria a

nos perseguir por excesso de velocidade. Dizia para eles que, com a polícia, o negócio era assim: ela atirava primeiro e perguntava depois. Como o motorista parecia não me ouvir, eu cheguei a gritar num tom autoritário:

— Quer nos matar, cara? Se quer, se enfia logo debaixo de um caminhão! Cacete! Poorra!

169. Com a minha reação, o garotão que estava ao volante pegou a arma sobre a perna e apontou para mim. O negão interferiu mais uma vez, batendo com o cano da arma na cabeça dele, dizendo para ele olhar para frente e dirigir. Fui atendido e me tranquilizei ainda mais.

170. O motorista, agora mais calmo, se mantinha sempre na mesma pista, subindo a Av. Brasil. Com o carro andando mais devagar, sem eu precisar me preocupar com prováveis acidentes ou uma perseguição policial, eu ganhava tempo para pensar.

171. Comecei então a contar lorotas, criar histórias que despertassem o interesse deles. Ganhei atenção total a partir do momento em que afirmei ser traficante. Foi a minha melhor jogada. Surpreendi a todos — e até a mim mesmo. Virei bandido também. Faltava agora provar que o que eu falava era mesmo verdade. Mas como? Fui dando linha à pipa e asas à imaginação e, com a ajuda das lembranças que não paravam de brotar, peguei o fio da meada e desenrolei um novelo em cima deles. Devo ter falado muito bem.

172. Comecei contando minhas próprias histórias e acrescentando a elas alguns efeitos dramáticos. Falei do tiro que levei na Austrália (escondendo o

fato de que a espingarda era de chumbinho), e das vezes em que fui preso por causa de brigas em pubs e bares. Contei da noite em que dirigia embriagado em Niterói e bati no carro de um PM. Depois, falei que passei uma noite trancafiado no xadrez de Santa Rosa. Acrescentei a essa experiência uma informação fictícia que daria a eles uma boa referência sobre mim: disse que tinha dois quilos de erva debaixo dos bancos.

173. Falei de uma canivetada que levei em Nova Friburgo e substituí o verdadeiro motivo por outro que me endossasse melhor: deixei-os pensar que eu havia roubado a aparelhagem de som de um adolescente filhinho de papai. Enfim, senti que todas as minhas estripulias de adolescência me serviam perfeitamente bem agora e, principalmente, que elas não haviam sido em vão. Um dia as coisas mais insignificantes podem se tornar de grande valia, pensei, orgulhoso. Era o que estava acontecendo. As minhas atitudes irresponsáveis e imaturas da juventude estavam me dando subsídios para administrar a situação de sufoco em que eu me encontrava.

174. Nos momentos de silêncio, porém, quando eu não estava exercendo nenhum tipo de defesa, o medo e a ansiedade me sufocavam, e minha mente voava, em busca de uma saída. De algo que pudesse virar o jogo. Eu precisava arquitetar uma fuga rápida e mais, queria que ela acontecesse num estilo cinematográfico. Hollywoodiano. Pensava, brincando comigo mesmo: Se James Bond estivesse no meu lugar, o que ele faria?

Consultor de bandidos

175. Mais seguro de mim e confiante na sorte, comecei a interagir bastante com eles. Participava das conversas, mesmo sem ser convidado e, aos poucos, ia ganhando terreno. Eles acabaram acreditando de verdade que eu era traficante, e isso começou a facilitar as coisas para mim.

176. Eu dizia que eles tinham que usar a cabeça e não a força, que violência gerava violência. Falava também que eu já havia sido inexperiente como eles, e que, por conta disso, tinha levado tiro. Fiz um gesto franco de levantar a camisa e abaixar um pouco o cós da calça até a virilha, para mostrar a cicatriz de um tiro dado pela polícia, quando, na verdade, a cicatriz provinha de uma cirurgia de hérnia.

177. Fantasiei que tinha passado pela tortura do pau-de-arara, contando com muitos detalhes os requintes de maldade que sofrem os presos nas delegacias. Os impressionei bastante.

178. Assim, eles abriram ainda mais a guarda e, a partir daí, não me ameaçavam mais com tanta frequência. As armas ficavam mais na cintura do que apontadas para minha cabeça e eu pude tirar uma folga.

179. Até ali, por mais que eu estivesse constantemente estudando a situação e pensando em formas de me livrar deles, jamais deixei transparecer minha intenção de reagir. Queria que relaxassem e esquecessem um pouco de mim.

180. A Brasília seguia numa velocidade relativamente alta e, sempre que eu podia, tentava reconhecer

a região em que estava passando. Descobri o quanto a Av. Brasil era extensa e buscava pontos conhecidos para me situar e tentar descobrir para onde eles estavam indo.

181. Uma grande ideia minha foi aproveitar o fato do carro estar no nome de minha noiva — ela trabalhava numa agência alemã de notícias e podia comprar carros diretamente da Volkswagen a preço mais baixo — e inventar uma história que contava em detalhes como eu fazia para trazer maconha sem dar na pinta para a Polícia Rodoviária. Contei que eu sempre arrumava namoradas que tivessem carro e os usava para viajar e pegar o bagulho.

182. A cada viagem usando um carro bacana e tendo uma mulher diferente do lado, eu passava sem levantar suspeitas por barreiras e blitz policiais. Caso fosse parado, alegava que estava voltando de lua de mel e trazendo lembranças como berimbau, micos sagui, cestas de vime, panela de barro... Sempre com o bagulho escondido por baixo de tudo. O mais importante, frisei bem, para deixá-los com inveja, era que eu insistia com as mulheres para usarem shortinhos bem curtos e camisas bem decotadas. Quanto mais exagerassem em sensualidade, mais atenção os agentes fiscais e policiais dariam a elas e menos atenção a mim e ao que pudesse haver dentro do carro. Dava certo, falei.

183. Eu fazia uso de tudo o que pudesse ajudar o meu imaginário a criar essas fantasias. Ora falava de fatos da minha vida, ora usava frutos da minha imaginação, ora misturava os dois. Como prova, insisti para que pegassem os documentos do carro e vissem o nome dela.

184. A ideia de me passar por traficante, de me lembrar que o documento do carro estava em nome da minha noiva e inventar toda aquela história só pode ter sido mesmo obra divina. Sou um homem protegido, iluminado, repito, eu sempre soube disso.

185. Os bandidos leram o documento e viram que eu não estava mentindo. Percebi também que eles estavam impressionados comigo. Na cabeça deles, eu era um ladrão bem-sucedido e que fazia sucesso com as mulheres. Aproveitei a deixa e tirei a maior onda de conquistador. Eles riram. Já estavam bem mais calmos, relaxados comigo e eu com eles.

186. Para ganhar ainda mais confiança e simpatia deles, comecei a ensiná-los várias formas de cometer alguns crimes. Eles prestavam atenção. Defendi que o uso de armas era algo perigoso — coisa de iniciante —, e que a polícia revidaria à altura. Eu só estava vivo até então, completei, porque havia mudado o meu jeito de agir. Aprendera a usar mais a cabeça, em vez de querer bancar o vilão, ou o herói. A usar mais a inteligência.

187. Tentava incutir o conceito da não violência física, ao mesmo tempo em que tentava manter minha imagem recém-criada de bandidão. Filmes ou fatos reais aos quais eu havia assistido me ajudavam a dar credibilidade aos meus conselhos.

188. Como se não bastasse, saí ainda com a história de que a delegacia do Flamengo estava na minha folha de pagamento, que eu mandava e desmandava naquela porra, e que se eles precisassem de alguma coisa, bastava me procurar

por lá. Nessa oportunidade, pedi também que, ao final do sequestro, deixassem o carro ali pelo bairro, em qualquer lugar, porque assim seria mais fácil encontrá-lo. Ao que eles concordaram com um aceno de cabeça. Me senti um perfeito ator de novela, por tão digna atuação.

189. Numa certa altura, ensinei a eles a melhor forma de assaltar um motel. Disse que tinha prática no assunto e sabia que na portaria existia um alarme ligado diretamente ao telefone da delegacia de polícia. Sendo assim, o melhor modo seria assaltar de dentro para fora. Dei ainda a sugestão para que aproveitassem que o motorista era "bonitinho", o vestissem com uma peruca, uma roupinha sexy, passassem um batonzinho, e entrassem no motel como se fossem namorados apaixonados.

190. Quanto ao terceiro bandido, sugeri que se escondesse entre os bancos de trás, abaixado, para que eles pudessem entrar sem despertar nenhuma suspeita.

191. Como eles nunca tinham estado em um motel, ficou fácil soltar a imaginação e bolar situações que pudessem distraí-los. Qualquer coisa que eu dissesse, percebi, seria incrível, posto que eles não conheciam nada de nada e muito menos de motéis e suas mordomias.

192. Considerando que eram pobres, excluídos socialmente, e provavelmente semianalfabetos, aconselhei que, antes de iniciarem o assalto, aproveitassem bastante todo o luxo e conforto que o motel oferecia, mas sem escolher nenhuma bebida sofisticada ou prato internacional. Se errassem na pronúncia, alertei, poderiam dar na

pinta. Lembro de ter falado Cordon Bleu, como exemplo. Tive que explicar também o que era um cardápio.

193. E então me excedi:

— Lá dentro, vocês podem aproveitar para tomar um bom banho de banheira — continuei, e abusando da sorte, disse ainda ao negão: — Considerando que o motorista é bonitinho e já estará de vestidinho, peruca e batonzinho, você pode também aproveitar a ocasião e dar uma carcada nele — sugeri. — Só toma cuidado para ele não gamar em você.

194. Não me dei conta, mas brinquei com a sorte. Minha brincadeira foi longe demais e eu desencadeei um ataque de ira do motorista bandido, que sem pestanejar, pegou a arma que estava sobre a perna, virou para trás e a apontou para mim, com um reflexo surpreendente.

— Tá achando que eu sou o quê, hein? — Berrou e só não atirou porque o negão intercedeu na hora certa. Foi por pouco.
— Baixa essa porra, rapaz! — disse o negão, aporrinhado e batendo com o cano da arma na cabeça do outro. Essa doeu, pensei. E foi nessa oportunidade que constatei, pelo som da pancada, que a arma não era de brinquedo. E as outras, serão?, pensei. A dúvida persiste até hoje.

195. Para acabar com o mal-estar da brincadeira, sugeri que, quando terminassem de comer e beber, pedissem a conta e preparassem pedaços de corda fina, com 80 cm de comprimento, para imobilizar o garçom. Dessa forma, evitariam ter de

aplicar qualquer ato de violência. Imobilizado o garçom, eles deveriam ir direto para a recepção e surpreender os funcionários para que eles não tivessem tempo de tocar o alarme e acionar a polícia. Depois disso, era só fazer a limpeza nos cofres, nas gavetas e fugir.

— Se vocês dominarem a recepção de forma a não correr nenhum risco a mais — não me contive e tive que dar uma última ideia — vocês podem ainda pegar a chave mestra e invadir quarto por quarto, surpreendendo os casais e os deixando totalmente indefesos. — Uma sequência de urros e risadas explodiu dentro do carro, e eu me animei mais ainda. — Com isso, vocês vão poder fazer uma limpeza nos bolsos, levar relógios e até as roupas. Depois, podem pegar as chaves dos carros, escolher um para a fuga e mandar todos os casais saírem dos apartamentos para a área externa, em direção à recepção. Além do festival de bundas brancas e corpos nus, tentando se esconder, a confusão vai ser tanta que, se a polícia chegar, eles vão preferir ficar olhando a mulherada toda nua, do que sair atrás de vocês. — A essa altura, os rapazes já estavam às gargalhadas, e eu percebi que a simpatia deles já havia sido conquistada.

196. Continuei então alimentando a imaginação deles com imagens que jorravam da minha mente e acabei também rindo muito ao imaginar a cara deles, se tudo aquilo viesse mesmo a acontecer.

197. Junto com essas risadas, vinham também piadas sacaneando o motorista bonitinho, agora saindo sempre da boca do negão e não mais da minha.

198. Como a tática estava dando certo, relaxei bastante. Os três bandidos também estavam bem mais calmos, e tudo era motivo de risos e brincadeiras agora, até mesmo do próprio motorista. O terceiro bandido, porém, aparentemente o mais novo, continuava calado, com o semblante fechado, como se com muito medo. Tão nervoso como no início do sequestro.

199. Até aquele momento, eu não tinha ouvido a voz dele, talvez nos momentos das agressões e ameaças, mas não posso afirmar se sim ou se não. Ele era aparentemente o mais novo e o mais assustado. Também me amedrontava o jeito como ele se comportava e reagia a cada situação. Desde o início, eu pressentia que ele poderia ser uma ameaça potencialmente maior.

200. Tanto medo ele me despertava que nenhuma vez eu havia implicado ou até mesmo me dirigido a ele. E assim foi até o final da minha condição de refém.

201. Com o carro em movimento, e bem distante do local em que me pegaram, fui me dando conta de que estávamos penetrando numa área deserta, uma estrada de chão muito estreita, onde mal passava um carro. Eu não conhecia essa região e não fazia a menor ideia de onde estava. Podia apostar que nunca tinha andado por ali e que nem passara perto.

202. À medida que o carro avançava na direção daquele lugar distante de qualquer área povoada, eu ia me dando conta de que ficava cada vez mais à mercê dos bandidos e que minhas chances de sair vivo começavam a diminuir. A essa altura,

as brincadeiras tinham cessado por completo e foi fácil perceber que a tensão voltava a crescer dentro da Brasília. Comecei a me preocupar tanto com a mudança de humor dos bandidos, que nem senti mais a ardência que a pólvora deixara em meu rosto, nem o zumbido no ouvido direito deixado pelos estampidos dos tiros rente ao meu ouvido, no beco do Caju. O clima foi ficando pesado e a conversa diminuindo até silenciar.

203. O nervosismo deles foi crescendo e me aterrorizando. Eu não sabia o que motivara tamanha mudança de humor em um período tão curto de tempo.

204. Na busca por uma resposta, eu olhava para fora e dava de cara com uma escuridão que não me deixava ver nada. Era tudo um breu. Nas minhas ponderações, achei que a escuridão era tanta por eles estarem com os faróis apagados, mas depois percebi que também não havia lua.

205. De tão escuro que estava, perdi o controle visual até mesmo sobre os três bandidos. Sem me conter, perguntei por que os faróis não estavam acesos e, como resposta, recebi apenas um silêncio cada vez mais profundo.

206. Assustava-me cada vez mais o motorista insistir em dirigir às escuras. A visão dele era quase nula, corríamos o sério risco de bater em alguma coisa, sair da estrada ou cair numa vala.

207. A minha cabeça, já atordoada, ficou pior do que eu poderia imaginar. Eu precisava saber para onde estávamos indo, mas o peso do silêncio entre eles me intimidou a ponto de eu me calar

de vez. Decidi esperar para ver o que estava acontecendo. Ou o que poderia vir a acontecer. Pela primeira vez, senti o suor brotar no rosto. Não era um suor de calor, mas da tensão que aumentava descontroladamente. E o carro continuava a se embrenhar pela estradinha de chão, em meio a uma mata fechada.

Meu destino

208. Depois de um bom tempo andando por essa estrada, eles finalmente pararam o carro, e o silêncio sepulcral permaneceu. Ninguém falava nada. Novamente aquela sensação de grande risco e de não saber o que fazer. Ali era o ponto final deles, percebi. Ainda sem acender os faróis, eles manobraram o carro, e eu pensei: Isto não faz sentido. Por que a manobra? Por que nos manter na escuridão?

209. Eles mantiveram o motor em rotação baixa, velocidade lenta, como se estivessem se escondendo, querendo passar sem chamar a atenção. Ficou claro para mim que eles não queriam ser notados. Tive um princípio de pânico. O suor aumentava, as mãos começavam a tremer. De tudo o que passei, esse foi o pior momento de todo o sequestro. Não queriam ser notados por quê? Iriam me matar?

210. Consciente o tempo todo, senti um medo genuíno de que o pior ainda estava por vir. Querer adivinhar o que poderia acontecer, achar que poderia morrer, deixou-me muito atordoado. Por volta das duas horas da manhã, quase sem forças, temi que acabaria ficando por ali. Vivo ou morto.

211. O motorista e o carona saíram e ficaram conversando do lado de fora. Por causa da distância e do tom baixo da voz, eu não conseguia ouvir nem uma palavra da conversa deles. Achava, contudo, que estariam discutindo ações que poderiam ser decisivas para a minha sobrevivência. Se iriam me matar, me manter refém ou me libertar ali. Pensei em desarmar o negão e tentar fugir. Ele estava encostado na lateral do carro, relaxando. Parecia até que cochilava. Tentei localizar a arma, mas não consegui. A droga da escuridão escondia qualquer coisa. Sem arma, eu não iria me aventurar numa fuga, seria arriscado demais. Se eu já havia chegado vivo até ali, simplesmente usando a cabeça e a intuição, achei melhor manter a mesma estratégia.

212. Fiquei esperando e conjecturando: como o clima de aparente tranquilidade que havia se estabelecido entre nós tinha desaparecido por completo, eles só podiam estar decidindo o que fazer dali para frente e que destino dar a mim. Minha sorte está lançada, pensei. Só me resta mesmo esperar e rezar.

213. E rezei. Nasci devoto de São Jorge, adotei uma legião de entidades protetoras — as quais não importunava o tempo todo e nem por qualquer coisa, exceto quando precisava muito de intervenção divina — e, mentalmente, invoquei todos os meus santos, guias, orixás e guardiões que já haviam me ajudado em outras ocasiões de risco na vida.

214. Pedi que me protegerem dos meus algozes, que eu conseguisse sobreviver sem sofrer maus tratos ou qualquer outro tipo de violência. Rezei muito ao

me lembrar de uma Mãe de Santo que dissera que eu teria um filho e que, por uma questão de karma, eu estaria proibido de procurá-lo. Perguntei-me se, ao menos, teria a chance de concebê-lo. Rezei e rezei.

215. Não sei ao certo quanto tempo fiquei ali, pois às minhas orações, emendaram-se ainda mais imagens do passado.

216. Revivi minha quase queda livre do topo de uma cachoeira muito alta e íngreme em Nova Friburgo e alguns acidentes de motos. Lembrei de alguns incidentes em Hong Kong, de rostos de namoradas, de aventuras amorosas, da fuga por um amor proibido. De repente, a pergunta: Será que depois de passar por tudo isso vou acabar morrendo nas mãos de uns meros bandidos? Tantos relacionamentos amorosos. Tanta sorte no amor. Teria eu vivido mais de uma vida ou gasto uma vida a mais de meu estoque? Quantas ainda me restariam?

217. As lembranças não cessavam. Apaixonei-me mais uma vez pelas geleiras da Suíça, pelas paisagens exuberantes ao longo do trajeto sinuoso do trenzinho que subia os mais de quatro mil metros de altitude. Sonhava voltar lá e temia não poder mais. Queria viver para conhecer outros lugares como aquele.

218. Minha imaginação girava loucamente. Passado, presente e futuro apareciam juntos, no mesmo instante. Era como se eu estivesse assistindo ao filme da minha vida.

219. Nos momentos em que minha atenção se voltava ao momento real, meu medo era ouvir a palavra "teco", "vamos dar um teco nele". Eu não queria morrer. Nem morrer e nem sofrer num leito de hospital. Essa segunda possibilidade me deixava ainda mais apavorado do que a primeira.

220. Foi quando então os três voltaram para dentro do carro e meu coração acelerou. Eles permaneceram mudos por alguns segundos até o bandido do banco do carona debruçar-se sobre o painel, reclinar o banco para frente e abrir espaço para que eu sair.

— Dá o fora — disse, com a voz seca.

221. Custei a acreditar que era para eu ir embora e, ao mesmo tempo em que senti um grande alivio por poder sair, senti também um medo extremo do que eles poderiam fazer comigo depois que eu estivesse do lado de fora. Foi um momento terrível.

222. Virei para o negão em busca de um olhar de aprovação, ou, quem sabe, um tchau, se cuida, mas tudo o que vi foi uma expressão séria e fechada. O humor tinha mesmo se dissipado por completo, não cabia mais nenhuma palavra. Eles deviam ter ficado confusos depois de todas as histórias que eu havia contado e já não sabiam mais o que fazer comigo. O tempo que levaram conversando do lado de fora até retornarem aos seus assentos deve ter sido suficiente para terem decidido me mandar sair. Qual o meu destino dali pra frente, eu não sabia.

223. Fui saindo do carro. Estava esgotado. Toda a tensão pela qual eu estava passando, todo

o esforço para me manter calmo nas situações de perigo que me amedrontavam eram muito desgastantes. Recorrer às lembranças do passado foi o recurso natural que encontrei para me ajudar a aguentar aqueles momentos. Mentir, fingir, inventar histórias foi outro recurso. Eu queria sair correndo dali, mas estava sem forças.

224. Com o corpo todo fora da Brasília, segurei a porta com a mão direita para me apoiar e fechá-la. Tive uma vontade súbita de usar toda força que me restava para bater a porta com violência, assustá-los e correr sem parar, mas ponderei e desisti. Estava fraco, ainda era refém e as balas poderiam me alcançar mesmo em movimento.

225. Da minha posição, ali de pé, vi três pares de olhos vidrados em mim. A parte branca sobressaia do globo ocular de cada um, e as armas apontadas para o meu rosto podiam ser notadas com nitidez, apesar da cor escura. A boca dos canos parecia se agigantar, dando a impressão de que estava mais próxima e de ser maior também. Sem lua, a escuridão era quase absoluta, e mal dava para eu ver o chão da estrada. A mata em volta parecia uma imensa parede negra.

226. Neste instante, que pareceu ter durado um século, me decidi por interromper a rigidez do momento e pedi minha capanga de volta. Tomados de surpresa, meu pedido quebrou o clima de tensão e eles pareceram não saber o que responder. A principio, me negaram e eu, dando uma de maluco, exigi a capanga de volta ou a minha própria execução.

— Sem meus documentos eu não sou nada! — gritei. — Sem eles, eu não vou poder continuar viajando. Vão me prender na hora que eu pedir as segundas vias. — Eu os tinha convencido de que era um traficante e tinha ainda que agir como tal. Acrescentei que não aceitaria passar novamente pelas torturas do passado e preferiria morrer, se fosse o caso. Na verdade, eu não tinha a pretensão de ser atendido. O que eu queria mesmo era desviar a atenção deles das possíveis intenções de me matar, assim que eu virasse as costas.

227. Mas meu discurso final mexeu com eles, e o negão teve a iniciativa de mandar me devolver a capanga. Os da frente provavelmente não devolveriam. Quando estendi a mão para pegá-la, parecia que o movimento do braço não terminava. Vi a minha mão indo em câmera lenta até a capanga, e quase tive que entrar de novo na Brasília. O branco dos olhos e a boca dos canos das armas continuavam virados para mim. Quando finalmente a peguei, senti uma descarga elétrica passar pela minha mão, pelo meu braço. Conferi tudo calmamente, como se nada de anormal tivesse acontecido, e chequei se meus documentos estavam todos ali. Estavam. Apenas o pouco de dinheiro que eu tinha havia sido tirado.

228. Mais uma vez, como se nada de errado estivesse acontecendo, e vendo que não tinha nem um cruzeiro para voltar para casa, pedi o dinheiro do ônibus. E mais uma vez mais vi a morte de perto.

229. As expressões dos olhares me diziam que eu já estava abusando. Xingaram-me. Xingaram-me tanto, que pressenti que consideraram seriamente a hipótese de me matar.

— Assim já é demais! — Falaram quase juntos, de tão surpresos e revoltados com o meu pedido de dinheiro. Mais uma vez acho que abusei da sorte.

230. Resolvi então me manter aparentemente tranquilo, falando e gesticulando com naturalidade. Mantive meu olhar fixo no negão. Agradeci, desejei boa sorte, ratifiquei todos os conselhos de como planejar uma ação criminosa sem violência — era importante frisar isso — e bati a porta bem devagar, sem qualquer movimento brusco, evitando dar motivo para atirarem em mim.

231. De posse da capanga, dei um passo para trás e fui me distanciando deles. Parei e me curvei para dar uma olhada para dentro do carro. Os três pares de olhos congelados continuavam me ameaçando. Coloquei delicadamente a capanga sob o braço e a pressionei para ficar bem segura, caso tivesse que correr. Ainda curvado, acenei com um leve movimento de cabeça.

232. Você deve estar achando que sou maluco por não ter dado o fora correndo, mas, para mim, era como se o meu olhar os mantivesse sob meu controle. Sem conseguir provocar qualquer reação deles, fui aprumando vagarosamente o corpo e me virando. Senti tanto medo de ter virado as costas, que cheguei a sentir as dores de um tiro por antecipação.

233. O tiro não aconteceu e o carro começou a se afastar lentamente.

234. Não sei dizer muito bem o que senti, pois fui tomado por uma avalanche de sentimentos conflitantes: uma vontade de comemorar com um

grito de guerra — afinal de contas eu havia vencido sem derramar nenhuma gota de sangue — mas um medo muito grande de fazê-lo. Eles estavam ainda tão próximos, poderia ser cedo demais para me vangloriar. Eu sentia uma alegria imensa, mas precisava contê-la.

235. Precisei também conter algumas lágrimas de emoção. Segurei a vontade de chorar e pular feito louco, para comemorar o desfecho feliz, e segui meu instinto de sobrevivência, que me mandou continuar andando duro feito uma estátua até sumir da vista dos bandidos.

236. Fiquei tentando imaginar por que razão não tinham atirado em mim. Dentro da lógica do crime, depois do tempo que estive com eles e da facilidade de conhecê-los e memorizar o rosto de cada um, eles corriam um grande risco com a minha soltura.

237. Pensar nisso me deu uma vontade louca de sumir logo dali. E se eles pressentissem meu pensamento, se arrependessem de ter me deixado vivo e voltassem para mudar o final da história?

238. Na tentativa de assegurar minha liberdade e dificultar uma provável saraivada de tiros, comecei a andar em ziguezague, achando que isso me tornava um alvo mais difícil. Quando o carro já estava a uns dez metros de distância, tomei coragem e me pus a correr mato adentro, para sumir da vista deles e do alcance de tiros.

No mato

239. O mato na verdade era um brejo, e eu me vi atolado até a cintura numa lama gosmenta e escura. Tentando sair, perdi um dos pés do sapato. Droga. Mais essa agora. Quando levantava uma perna, a outra afundava. Tentei me segurar no capim de um barranco que usei como apoio, mas ele soltava da minha mão. O carro poderia retornar a qualquer momento, e eu não conseguia me desvencilhar daquela situação ridícula e absurda.

— Caralho! — gritei, possesso e inconformado. — Eu mato esses filhos da puta! Eu mato! — Aquela situação de prisioneiro no brejo, querendo ou não, me colocava novamente em perigo.

240. Senti o cheiro terrível do brejo, fiquei enojado e ainda mais revoltado. Tive vontade de correr atrás dos bandidos, alcançá-los e estrangulá-los um a um.

— Eu mato esses filhos da puta. Mato! Mato! Mato!

Brejo era lugar de cobras, sapos, pererecas e todos os tipos de répteis e anfíbios dos quais eu tinha verdadeiro nojo. A possibilidade de me deparar com esses bichos me deixou descontrolado. Eu estava ali, invadindo o território deles. O medo agora não era dos bandidos somente, mas também dos bichos que não tinham nem um pouco da minha simpatia e todo o direito de me atacar. O tempo que fiquei atolado foi traumático.

241. Fora do pântano, com apenas um pé de sapato, todo enlameado e sem a menor ideia do que fazer e para onde ir, me senti o homem mais

infeliz do mundo, o mais ferrado, aquele com quem nada de pior poderia acontecer. Que dia horrível. Tudo errado. Que falta de sorte a minha, pensei.

242. Mas os pensamentos começaram a se alterar, eu me voltei para dentro de mim, e senti vergonha do que havia pensado. Eu era um homem de sorte sim. Depois de tudo o que tinha passado, eu estava ali de pé, vivo, respirando. Eu era um homem de sorte, muita, muita sorte.

243. O dia estava para começar, eu não sabia o que ia acontecer, mas decidi que devia me dar por satisfeito. Sobrevivera à pior experiência da minha vida com apenas algumas escoriações. Um ou outro hematoma, queimaduras leves de pólvora no rosto. Me acalmei.

244. Mais calmo, voltei a sentir um zumbido no fundo do meu ouvido esquerdo e tive a impressão de ouvir um leve trotar.

245. De repente, um homem surgiu montado a cavalo. Fiquei tenso ao vê-lo e ao animal, e procurei por um pedaço de pau, uma pedra, qualquer coisa que pudesse usar em minha defesa, caso fosse necessário.

246. Ele percebeu a minha presença, assustou-se e freou bruscamente. O cavalo chegou a recuar. Parando longe, cerca de uns 15 metros, o homem ficou imóvel, paralisado, e tentou me identificar. Sem conseguir ver direito quem era, eu perguntei:

— Que lugar é esse? Que horas são?

247. Sem me responder e mantendo uma distância de segurança, ele também quis saber:

— Quem é você, e o que você está fazendo aí?

248. Mais desconfiado do que aliviado, contei que tinha sido sequestrado e deixado ali. Estava perdido. O homem foi ganhando confiança e se aproximou de mim. Parou o cavalo ao meu lado.

249. Fiquei surpreso com a sua agilidade ao passar a perna direita por sobre a cabeça do animal e cair de pé na minha frente. Com uma atitude bem agressiva — o contrário do que eu precisava no momento — ele foi se aproximando a ponto de ficar cara a cara comigo, e tentou me intimidar. Por mais que eu insistisse e detalhasse o que tinha acontecido comigo, ele insistia em não acreditar na minha história e em não querer saber a verdade.

250. Sentindo-se senhor da situação — ele devia ser da região —, disse, em tom desafiante:

— Conversa fiada, mentira! Tá achando que eu sou otário? Fala logo, porra! Qual é a sua, porra?!

E continuou:

— Se você tivesse mesmo sido assaltado, estaria na horizontal, e não na vertical — disse, agora sentindo-se o rei da argumentação.

251. Sem querer acreditar que eu estava, mais uma vez, em uma situação de grande risco, respondi mentalmente: *Estou na vertical e vou continuar na vertical.*

252. Sem tempo para pensar muito, passei para o estado de alerta, analisei a situação e percebi que, apesar de tudo, aquele homem não me

preocupava tanto. Ali, minhas chances de lutar e vencer eram reais. Era ele e eu, ambos desarmados.

253. Começamos a discutir, ele ficando cada vez mais agressivo comigo, com palavras e atitudes ameaçadoras; e eu ficando cada vez mais confiante. A situação ali era mano a mano, e eu teria plena condição de defesa.

254. Só que... Só que era demais tudo aquilo. Eu já estava aturdido com tantos sustos, tanto medo, tanta tensão em tão pouco tempo, que nem atinava mais. Agia e reagia instintivamente. Cheguei a perder a noção da lógica, porque nada poderia ser tão irreal.

255. Trocamos alguns empurrões e ofensas — recursos para intimidação de confrontantes que buscam se impor aos seus adversários — e, mais uma vez, a minha experiência com lutas marciais foi de vital importância. Não me deixei intimidar e consegui frear o ímpeto do vaqueiro, mostrando a disposição de encará-lo e machucá-lo. Ele mudou de estratégia e se restringiu a gritar e gesticular, desistindo dos empurrões.

256. Tudo acontecia na mais completa escuridão, mas meus sentidos estavam aflorados. Podia perceber a movimentação e as tentativas espaçadas do vaqueiro de me empurrar para trás. Em determinados momentos, ele ensaiava alguns golpes mais elaborados, mas claramente não tinha confiança suficiente em si e não chegou a aplicá-los.

257. O confronto que se seguiu foi uma discussão sem nexo. Estávamos tão próximos, que o bafo de cachaça do cidadão saía entre cuspidas e

palavras, e me embrulhava o estômago. De tão enojado, cheguei a ficar dividido entre limpar o rosto ou manter a guarda para revidar um possível golpe surpresa.

258. O momento foi tão tenso que eu nem lembrava mais do que tinha passado com os bandidos. Mal tivera tempo de respirar e lá estava eu de novo, envolvido em outro confronto.

259. Pouco depois, chegou um rapaz de bicicleta. Parou rapidamente, desceu e ficou nos observando de pé, segurando a bicicleta pelo guidão. Dava para sentir que ele também estava nervoso. Vendo a discussão, perguntou o que estava havendo:

— Que é isso aí, vocês dois?!

260. Tomei a iniciativa de responder, tentando trazê-lo para o meu lado. Disse que havia sido sequestrado e assaltado, que por sorte tinha saído vivo, mas que o vaqueiro ali queria me ver na horizontal, porque aquele era um local de desova e eu não podia estar na vertical.

261. Continuei falando outras coisas, com base no que o homem do cavalo tinha dito. Tentando convencer o rapaz a vir em minha defesa e não correr o risco de ter mais um agressor a me ameaçar. Se eles se unissem contra mim, aí eu estaria ferrado.

262. Então o rapaz deitou a bicicleta no chão e veio falar comigo, interessado em ouvir a minha história. Enquanto eu falava, o vaqueiro ficava se intrometendo, discordando e cortando a minha fala. O cara da bicicleta foi perdendo a paciência com tanta interferência e, não demorou muito, os

dois se engalfinharam. Naturalmente, tomei partido do rapaz e o ajudei a escorraçar o vaqueiro.

263. Com a mesma destreza do desmonte, o vaqueiro, num só movimento, subiu no cavalo e foi embora a galope. Fiquei mais um tempo conversando e explicando tudo ao rapaz, que também se mostrou surpreso por eu estar vivo, na vertical.

264. De repente, ele deu um corte na conversa e me recomendou sair dali o mais rápido possível. Era um lugar muito perigoso aquele.

— Se manda, cara! Tu é maluco de estar aqui. Isso aqui é baixada. Área de desova de presunto. Tanto da polícia quanto de bandido. Mais da polícia, que fica atocaiando, só de olho nos suspeito pra chegar de surpresa.

265. E me orientou como chegar à cidade, ao Centro de Campo Grande. Não cheguei a sentir alívio. Os riscos ainda seriam tantos, que talvez até me defrontasse com problemas mais sérios, na minha tentativa de chegar em algum lugar habitado.

266. De acordo com meu mais novo amigo, não era fácil saber quem era polícia ou bandido. O mais sensato seria escapar dos dois, pois, mesmo com a polícia, o prejuízo poderia ser grande. Ele me disse ainda que eu estava bem distante do Centro e que deveria seguir em frente até encontrar uma vendinha numa encruzilhada, onde tinha telefone e de onde eu poderia pedir ajuda.

267. Ele me disse ainda para chegar devagar, bater à porta e tomar o cuidado de ir para a

lateral da parede. O dono da venda poderia atirar de dentro para fora, com medo de ser assaltado. Alguém bater à porta àquela hora da madrugada, coisa boa não era. Para completar, afirmou que no caminho até lá eu ia encontrar um monte de presunto.

— Tem um mesmo, logo ali na frente, a uns cem metros daqui.

268. Muito bom, pensei. *Só falta essa agora, eu pisar num defunto.* Mesmo sabendo que não poderia ser agredido por ele, pisar num defunto seria tenebroso demais. Mas, como não tinha para onde correr, o negócio era encarar defuntos, répteis, bandidos e até a própria polícia, para acabar de uma vez com aquele pesadelo.

Na delegacia de polícia
Evangélicos X mendigos

269. Segui o conselho do amigo da bicicleta e tomei o rumo certo. A mata em volta continuava com aquela aparência de parede negra. Eu não tinha como avaliar o meu estado, se conseguiria continuar caminhando sem sapato e no escuro, mas a necessidade de sair dali era tão grande, que nem dei atenção aos meus medos e incômodos.

270. De fato, em pouco tempo me deparei com um presunto. A pele amarela, machucada, já em estado de putrefação. Um cheiro horrível. Contornei-o, não podia deixar aquela visão me impressionar, e segui em frente, tenso, de olho em tudo. Nada escapava aos meus sentidos. Eu estava atento a qualquer movimento. Aos mínimos barulhos, até mesmo aos movimentos imperceptíveis da mata.

271. Não sei precisar quantas vezes fui obrigado a me esconder atrás de arbustos, sempre que ouvia ou imaginava ouvir barulhos de motor de carro, conversas, ou pessoas correndo na mata. Em cada situação dessas, o susto era imenso. A minha respiração parava e todos os meus sentidos afloravam ainda mais.

272. Quando o susto passava e eu me certificava da ausência do perigo, retornava a caminhada.

273. Depois de um bom tempo andando, com o dia já começando a amanhecer, alcancei a vendinha. Tal como havia sido orientado, bati na porta protegendo o corpo na lateral da parede. Uma voz masculina perguntou quem era, e eu me apresentei, dando um resumo da minha história. Pedi para usar o telefone. Eu ligaria a cobrar para minha casa. Não tinha ideia de como minha família estaria.

274. O homem da venda, sem mostrar a cara em momento algum, também ficou bastante surpreso por eu estar vivo e várias vezes repetiu que eu era um homem de muita sorte.

275. Passei o número do telefone para ele discar e agradeci, mesmo quando ele voltou e respondeu que não tinha ninguém em casa. Dali para frente, não me lembro de mais nada do que se passou, até eu já estar sentado no banco da delegacia de Campo Grande, assustado com o comportamento do policial de plantão que só me pedia paciência cada vez que eu me dirigia a ele, pedindo para fazer um BO.

276. Pela janela, acompanhei o nascer do dia enquanto aguardava minha vez de ser atendido. Mergulhado em sentimentos confusos, ouvi a série de ocorrências grotescas e surreais que roubavam a atenção do escrivão de mim e de todos os demais presentes. Algumas, de tão inusitadas, permanecem na minha memória até hoje. Uma delas foi uma briga entre mendigos e pastores evangélicos.

277. O escrivão plantonista estava em um atendimento, quando, de repente, um grupo de mendigos e evangélicos entrou se digladiando aos berros, tapas e pontapés. Dois policiais tentavam apartar a briga que, segundo fiquei logo sabendo, começara com os mendigos tentando quebrar os instrumentos de som dos evangélicos. Para acabar com a gritaria, o policial de plantão levantou da cadeira e, com a mão bem aberta, bateu com força na mesa provocando um grande barulho. Com o estrondo, dominou a situação e pediu explicações para a desordem que se armava na delegacia. Deu a palavra ao líder dos mendigos:

— Seu delegado. — O mendigo começou — O negócio é o seguinte: nós somo da paz, não queremo perturbar ninguém, mas também queremo ser respeitado.

278. O policial cortou logo de cara o preâmbulo e pediu para o mendigo ser mais objetivo, deixar de enrolação. O mendigo continuou:

— Nós só queremo dormir em paz. Nós tava ali, no nosso cantinho, onde já dormimo há anos sem problemas, e essa noite chegaram esses maluco aí com gritaria, violão, caixa de som... Chegaram fazendo a maior festa. Pedimos pra eles parar com a cantoria porque nós tava dormindo, mas eles não pararam e começaram a gritar que era pra nós ir pro inferno, que Jesus é o salvador e blá blá blá... Bem, como eles não pararam, nós quebramo os instrumento deles e aí deu no que deu. Agora, eu digo pro senhor, se eles voltarem lá, nós vamo quebrar tudo de novo.

279. O policial virou para os evangélicos:

— Porra! Com tanto lugar para vocês cantarem e tocarem essas merda de instrumentos, vocês vão tocar logo perto desses malucos?! — Apontou para os mendigos.
— Nós não é maluco não, doutor! Maluco são esses aí, que não sabem nem cantar e nem tocar essas merda de instrumentos para Jesus ouvir. — O mendigo líder reagiu, pê da vida.
— Dr. delegado — falou o pastor.
— Não sou delegado. Sou o policial de plantão.
— Seu delegado...
— Porra, agora ele tirou o Dr. — O policial falou, incrédulo.
— Dr. Policial... — O pastor tentou se corrigir na hora e teria continuado a falar, não fosse a reação do plantonista que se levantou da cadeira e socou mais uma vez a mesa.
— Acabou a minha paciência, fodam-se vocês todos! Podem se matar, que Jesus vai receber vocês lá no céu, mas aqui, na minha delegacia, não! Não quero ver nenhum de vocês nunca mais aqui, estão entendendo? Senão eu é que vou mandar vocês para a puta que pariu. Ouviram? Então estamos entendidos. Vocês escolhem outra rua, praia, igreja, mas aqui não.
— Mas Seu Dr. policial delegado, não é aqui que

nós queremos pregar não.... É lá na praça.
— Aqui quem manda é a polícia — outro mendigo tomou a frente — mas lá na praça quem manda é eu. Qual é? Vocês que vão tocar e cantar noutro terreiro.
— Terreiro é pra macumbeiro. É nós não somos macumbeiro, não, e não tocamos em terreiro. — Outro evangélico reclamou.
— Pois vocês deem o fora daqui e vão pro quinto dos infernos! — Os altos brados do policial se juntaram ao zumbido do meu ouvido e quem não estava aguentando mais era eu. Assim que o policial falou INFERNO, os evangélicos saíram disparados em direção à rua. Metade deles gritava, a outra entoava cânticos por Jesus. Os mendigos viraram para o policial:
— Não disse que eles que são maluco? Quem vai querer ouvir uma coisa dessas? Tocam e cantam mal pra caralho e não têm ninguém querendo assistir. São tudo doido mesmo. Eles, e não a gente, viu, doutor? A essa hora da madrugada....

280. O policial me olhou de lado, buscando a minha compreensão. Devia ser por volta das 04h da manhã.

— Olhe bem, vocês vão dormir na puta que pariu! E se tocarem em mais alguma coisa dos outros, eu vou quebrar o nariz de vocês, entenderam?
— Ô, polícia, nós não toca nada não. São eles que tocam.

Franzi os olhos esperando o grito o policial que, já esgotado, saiu de trás da mesa, empurrou o grupo de mendigos até a porta e, com todos já fora, virou para mim.
— Eu não aquento mais isso aqui. Eu vou explodir. Eu vou matar esses filhos da puta...

281. Hoje, quando tudo isso já é passado, acho que gostaria de rever esses momentos só para ver a minha cara. Eu estava muito impressionado com tudo aquilo. No meu meio, nos lugares em que ando e com as pessoas que lido, essas coisas nunca aconteceriam. De tão hilárias as ocorrências, cheguei a esquecer da minha própria situação.

— Vem cá, vamos ver o seu caso. Como é que foi?
— O policial me chamou com um gesto de mão, já de volta à mesa.

282. Comecei a relatar o que havia acontecido comigo e, antes que eu terminasse, ele mandou que o acompanhasse até uma sala nos fundos, onde tinha um rádio. Pegou o microfone e chamou as viaturas da área.

— Atenção! Atenção! Brasília amarela com 3 indivíduos de alta periculosidade. Armados, chapa tal. É atirar e perguntar depois.

Surpreso com a orientação dada pelo policial, reagi imediatamente, reclamando que a minha Brasília ia virar peneira. Ele tentou me acalmar.

— Calma, rapaz. É só uma forma da gente se comunicar. Se preocupa não.

283. Ainda bem que eu estou aqui e não dentro do carro, pensei enquanto voltávamos para a sala. Lembrei então do vaqueiro, que me queria na horizontal. Presunto. E vi que fazia sentido a surpresa dele em me ver vivo. De repente, me peguei rindo, nervoso, achando graça da trágicidade da situação.

284. O policial bateu no meu ombro e me chamou de volta à mesa para eu acabar o meu depoimento. Procurava alguma coisa sobre ela e ia ajeitando a cadeira para sentar, quando surgiu outra confusão.

Na delegacia de polícia
Um amor a três

285. Um guardinha daqueles bem atarracados entrou na sala, segurando duas mulheres pelo braço. A da esquerda, cheia de valentia, além de ameaçar a outra, tentava se soltar para agredir a da direita, acuada, sem nenhuma atitude de defesa ou de ataque. Na frente, um sujeito magro, tipo comum, que parecia completar o triângulo amoroso.

286. Pararam os três em frente à mesa do plantonista e começaram a dar queixa. O policial fez um gesto com a mão. O homem que se explicasse primeiro.

287. Antes que ele esboçasse qualquer som, porém, a mulher da esquerda começou a vociferar um leque de ofensas, intimidando o homem e o policial e dando a versão dela da razão de estarem ali.

— Essa piranha aí tá dando em cima do meu homem, e isso eu não deixo barato não...Eu quebro a cara dela... Sua piranha safada... Rameira. Eu te mato se você chegar perto dele de novo. — Estava ofegante, o ódio jorrando de seus olhos quando mirava a rival.

288. O policial, interessado no caso e com uma postura bem mais teatral do que a usada com

os evangélicos e mendigos, tomou as rédeas da situação, voltou para o homem e disse com a voz impostada:

— E você aí é o gostosão... — O homem permaneceu mudo, a cabeça baixa, sem coragem de encarar a situação. — Duas mulheres te disputando a tapa, e eu aqui, fodido. Sem comer ninguém... Nem a minha mulher me dá mais.... Pra dar umazinha, eu tenho que dar ordem de prisão, ameaçar de morte e o caralho. E você aí, com duas. Tô mal mesmo. Explica aqui: como é que você, com essa cara de bosta, está com essa bola toda? Hein? Como? Tem que ter uma explicação...

289. Ficou esperando o homem se pronunciar, reagir à ofensa, mas, como ele nada respondia, continuou:

— O cara aí.... Todo desajeitado, feio pra cacete. Com cara de otário e é o rei da mulherada! Como? Você me explica? — Virou para mim, como se quisesse a minha opinião.

290. Ninguém se mexeu e, ao mesmo tempo em que eu pensava *O que é que eu estou fazendo aqui*, tanto eu quanto os acusados nos entreolhamos, percebendo uma ponta de infelicidade — ou despeito — pelo que aquela situação despertava no policial. Ele estava indignado. Olhava para o marido e balançava a cabeça, como estivesse tentando entender a sorte do cidadão.

291. A mulher da esquerda então começou a se mexer e ia falar pela primeira vez, quando foi agredida pela outra, sem que o próprio guarda que as segurava pudesse evitar, tamanha a rapidez do ataque.

292. Além dos puxões de cabelo previsíveis, seguiram ainda cuspes e chutes, surpreendendo todos os presentes. A essa altura, o caso já atraíra a curiosidade de quem estava por perto e uma pequena plateia de policiais e outros funcionários foi se formando não só para assistir à pendenga, como para ficar de olho nas mulheres, que eram bonitas até, para o padrão da região. Quanto a mim, precisei de muita paciência para toda aquela chanchada. *Que merda! Que que eu tô fazendo aqui?*, pensei de novo, a lama já seca e cada vez mais fedida sobre a minha pele.

293. O plantonista, mudando radicalmente de conduta, como se estivesse numa situação rotineira, se dirigiu educadamente à mulher da esquerda e a aconselhou:

— Minha filha, preste atenção. Pega mal dar em cima de homem casado. Você é uma mulher bonita. Vai ser fácil para você arrumar um macho. Até dois, três. Quantos você quiser, entendeu? Até eu estou dando sopa por aí. Pronto, me pega. Eu tô dando sopa por ai, pô!

294. Notei que o policial começava a se interessar pela mulher. Que tinha até pintado um clima. Passou a não agredi-la mais com palavras, e muito menos com os gestos. Chegou até a acertar a postura, para valorizar mais a imagem, e ficou se achando o delegado em pessoa. Até a voz mudou. A mulher, desconcertada, fingia não entender. Sem mais nada para fazer, comecei a torcer e a apostar no sucesso do policial. Ele se tornara um cavalheiro. Será que não dava para a mulher ceder logo aos encantos dele para eu resolver o meu problema?

295. Num dado momento, o policial perguntou o nome delas e ficou sabendo, pelo sobrenome, que elas eram irmãs. Pela sua expressão, vi que ficou ainda mais indignado. Começou então a repreender grosseiramente a amante. Colocou-a abaixo de zero. Para o diabo todo o romantismo e cavalheirismo, tudo voltou à realidade, a ser como normalmente era: baixaria atrás de baixaria.

— Como uma irmã pode trair a outra? Que absurdo, que safadeza. Isso é coisa de piranha! — Gritava, olhando ameaçadoramente para a coitada que até aquele momento só conseguira dizer seu nome. — Eu não sei o que fazer contigo. Se devo te prender.... Isso é caso de prisão, sabia? — Exagerou para colocar medo na coitada, e desconfiei que ainda estivesse interessado nela.

296. Sempre que se achava falando bonito, buscava meu apoio, lançando olhares repletos de moralidade. Até aquele momento, o marido nem piscava. Permanecia imóvel. Com o olhar fixo em um ponto do assoalho, era como se conseguisse se ausentar da cena e escapar das broncas do policial.

297. Foi então que o plantonista assumiu o papel de juiz. Tornou-se mais austero e, com um ar de autoridade máxima, chamou os três para bem perto da mesa. Levemente debruçado sobre ela, esperou que eles se aproximassem, o que levou algum tempo — estavam com medo de uma atitude mais dramática e violenta depois do que haviam presenciado com os mendigos e os pastores evangélicos.

— Vou te dar um conselho.... — disse para a mulher violenta. — Trate melhor o seu marido. Dê mais amor, mais carinho. Faça uma comidinha gostosa para ele não ter vontade de comer fora. E, por favor, não quero mais ver vocês por aqui, entenderam? Em seguida, virou para o marido:

— Meu irmão, presta muita atenção. Você pode ter quantas mulheres quiser, mas resolva os seus problemas em casa, e não pise mais aqui não, estamos entendidos? O homem, balançou timidamente a cabeça, sinalizando que sim.

298. Por último, virou-se para a outra mulher, pivô da briga e, por um bom tempo, manteve-se em silêncio, como se procurando o que mais dizer. Ainda não estava satisfeito, queria aproveitar a situação para descarregar toda sua frustração amorosa. Aquela era uma boa oportunidade e ele queria aproveitá-la.

— Minha cara, não faça mais isso não, viu? Respeite a sua família, a sua irmã. Família é coisa sagrada. Se controle mais, se quiser roubar o marido de alguém, roube de uma estranha, mas nunca, jamais, da própria irmã. Isso é pecado dos grandes. Agora vá, suma e não me apareça mais aqui, entendeu?

Deu um pequeno intervalo e como ela nada falou, continuou:

— Estamos entendidos? Promete que você não vai mais tirar casquinha do marido da sua irmã?

299. Todos em volta ouviam a preleção feita com aquele ar de delegado austero, quando, interrompendo o silêncio, a acusada respondeu:

— Seu delegado, eu não roubei ele não.
— Como não? Porra! A sua irmã então é uma mentirosa?

— Seu delegado, ele é meu marido. Eu que sou a esposa dele. — E virando para o marido: — Não é meu amor? Não sou eu a sua esposa?

300. Franzi os olhos. Eu não queria nem ouvir o que viria dali para frente, mas o policial olhou pra mim e à volta, como se estivesse dando um tempo para se recompor e tentar entender melhor o que acontecia.

301. Engasgado, sem controle emocional, com dificuldade de desatar o nó que se criara na garganta, deu as costas para os três, apoiou as mãos na borda da mesa, estalou o pescoço, franziu o canto da boca. Fez menção de se sentar, mas voltou a ficar de pé. Respirou fundo, e dirigiu-se ao homem pela última vez.

— Se você voltar aqui novamente — apontava o dedo para seu nariz — eu vou te prender e ainda vou ficar com as suas mulheres pra mim, entendeu? Agora eu não vou tomar nenhuma atitude, porque entendo que o assunto é de família, e devo dar uma chance para vocês se acertarem. Mas é pra acertar com uma de cada vez, senão vira suruba.

302. Depois, pegou delicadamente a esposa verdadeira pelo antebraço e sussurrou algo curto e inaudível em seu ouvido. Todos — até eu — morreram de curiosidade. Depois, subiu na escrivaninha e, em alto e bom tom mandou que os demais policiais retirassem o casal dali o mais rápido possível, antes que aquilo se prolongasse e virasse mesmo um caso de polícia.

303. Essa é a delegacia que vai me ajudar a pegar os bandidos que me sequestraram, pensei, baixando

a cabeça e sentindo um tremendo desalento. De rabo de olho, vi a mulher saindo e sendo seguida por olhares de desejo. Deve ter encarnado a Pomba Gira, imaginei, pois só mesmo uma entidade dessa poderia dar tanto poder sedutor a uma mulher àquela altura dos acontecimentos, às 5h da matina, numa delegacia em Campo Grande.

304. Aparentemente recuperado, o plantonista organizou um pouco a papelada da mesa e, na tentativa de recuperar o tempo perdido, sinalizou com a mão para que eu me aproximasse dele. Debruçou-se sobre a mesa e sussurrou num tom confidencial, próximo ao meu ouvido:

— Vamos ver o seu caso antes que outra palhaçada aconteça.

Desanimado, expliquei tudo de novo.

— Mas isso eu já sabia! Não tem mais nada a acrescentar, não?
— Não! — respondi, irritado. — Precisa de mais o quê? Está tudo aí. Você quer mais o quê?

305. A verdade é que, surpreendido pela atitude do policial, que parecia dar o meu caso por encerrado, me coloquei de pé e fiquei olhando para ele ainda perplexo com o pouco caso que dera ao meu drama. Continuei ali parado, sem saber o que pedir ou falar. Esperava que ele fizesse o registro da ocorrência, acionasse novamente os carros-patrulha que estavam na rua, ou tomasse qualquer outra atitude que atendesse às minhas expectativas quanto ao papel da polícia. Aquele interrogatório minguado certamente não atendia à gravidade do meu caso. Desamparado.... Foi

assim que me senti durante todo o tempo passado naquela delegacia. E mais ainda quando o policial se levantou e saiu.

Na delegacia de polícia
A mendiga

306. Continuei ali, decidido a não ir embora, quando o silêncio da sala foi quebrado por um berro:
— Sua filha da puta! Desgraçada! Eu te mato!

307. Sobressaltado — *Ah, meu Deus, de novo?* —, minha primeira reação foi de ficar parado para tomar pé da situação. Então vi o policial plantonista mirando sua arma por cima do meu ombro, olhei para o lado e me joguei no banco de espera dos queixosos. De tanto medo, perdi o equilíbrio, apoiei-me com uma das mãos no assento, e estendi a outra na direção do revólver, numa tentativa de impedir um disparo. O que era aquilo agora?

308. Eu estava ofegante, o esforço para sair da linha de tiro exigiu muita energia de mim. Aquilo não podia estar acontecendo. Era para eu me sentir seguro numa delegacia e não ameaçado. Mais uma vez precisei de destreza na esquiva, dei uns poucos passos para o lado, levantei e me coloquei atrás do policial enfurecido. De lá, assisti como foi difícil para os outros imobilizar e desarmar o colega. Foi um alvoroço, uma gritaria só.

309. O policial, aos berros, mirava a arma para uma mendiga e dizia que iria matá-la; os colegas, nervosos, gritavam para ele se acalmar, e o povo em volta irrompia num falatório só. Tinha tanta gente amontoada e com medo, que até debaixo da mesa se meteram — por sinal, a única mesa

da delegacia. No meio daquele caos, ninguém pensava em sair ou se mexer porque, ali na porta da frente, maltrapilha, suja, descabelada e toda ensanguentada, estava uma mendiga de aproximadamente uns 60 anos, olhando passivamente para o homem que lutava para se livrar dos outros que o mantinham a uma distância segura de seu alvo.

310. Ainda me recuperando do susto, voltei timidamente para o meu lugar no banco, como se fosse para marcar a minha vez na fila que nunca chegava — fila sempre interrompida, relegada às outras ocorrências —, e continuei ouvindo as agressões e ameaças do policial desnorteado.

— Sua filha da puta! Escrota! Maldita! Eu ainda vou acabar com você, sua merda...

311. Rememorei os maus momentos que tinha passado até então nas mãos dos bandidos e fora delas, e concluí que era muito sofrimento para uma noite só. Isso sem falar do desconforto da calça cada vez mais enrijecida pela lama, que parecia uma armadura fedida, e dos acessos psicóticos do policial na minha frente. Baixei a cabeça e continuei ouvindo a gritaria. Eu, mais uma vez, à mercê da sorte. O sofrimento estava longe de terminar.

312. Para minha surpresa, tiraram a velhinha da delegacia, acalmaram o plantonista e tudo voltou à normalidade, não fossem os efeitos da alta tensão a que nos submeteram e à natureza daquele lugar que mais parecia um palco de apresentações humorísticas e macabras.

313. Mais controlado, o policial de plantão olhou ao redor e me localizou no canto oposto ao que eu

estava antes. Um pouco envergonhado — ou talvez apenas desconfortável pelo ataque de histeria que dera — começou a se justificar:

— É foda! Do caralho! — falava baixinho. — Eu não aguento mais isso aqui, vou ficar louco! Ou talvez já esteja... Essa mulher me atormenta, não falta um plantão meu! Só nos meus plantões é que ela aparece. E faz para me atormentar mesmo! Imagina você que ela escolhe um carro pequeno, um fusquinha, um triciclo, até mesmo uma bicicleta, se atira na frente para se machucar, e vem aqui dar queixa que foi atropelada. No início, eu dava a devida atenção, prendia o veículo para apurar a responsabilidade, essas coisas... Mas depois descobri que era mania de ela fazer isso pra chamar a atenção. Daí pra frente é esse inferno...

314. Mudando para um tom mais alto e agressivo, ele se dirigiu a todos os presentes e bradou:

— Essa filha da puta diz que quer se matar, mas ela só escolhe veículos leves, em baixa velocidade, para se jogar na frente. Porra! Temos tantos ônibus, caminhões.... Cacete! Ela podia se jogar da passarela na frente de um trem, não podia? Mas não! Ela quer é foder com a minha paciência. Mas eu vou matar essa filha da puta, entenderam? — Ninguém ousava responder. — O meu problema é esse: aqui só dá maluco e eu acabo não fazendo nada direito. Fico só perdendo tempo com maluco. Aturando doido, tô fodido mesmo!

315. Claro que eu concordei com ele. Aquilo ali mais parecia um hospício do que uma delegacia. Já estava ali há mais de hora e não conseguia ser atendido.

316. O caso da velhinha me chocou, de verdade. Estava com o rosto todo ensanguentado, escoriações por todo o corpo. A roupa suja e rasgada, de pé na porta de entrada, presenciando passivamente todo o alvoroço que causava. Fiquei sensibilizado com aquela imagem e com o desequilíbrio do policial. E quase que eu levo um tiro! Pensei várias vezes que quem estava fodido era eu. Justo eu, que me sentia um protegido dos céus! Tinha perdido o carro, poderia ter morrido. Estava cansado, com sede e com fome. Estava me sentindo muitíssimo desconfortável, esgotado e impaciente.

317. Então o policial me chamou para mais uma tentativa de atendimento. Voltamos à sala de rádio, ele pegou mais uma vez o microfone para chamar todas as viaturas e repetiu tudo de novo, alertando sobre o veículo roubado, com três indivíduos perigosos, armados, e com a recomendação: atirar, perguntar depois.

318. Reagi irritado, tal qual da primeira vez:

— Porra! Vai estragar meu carro novo! Vai furar ele todo! — Novamente imaginei a Brasília como uma peneira.
— Esse é o procedimento pra eles entenderem bem a gravidade da situação — respondeu o policial.

319. Voltamos para a sala e, pela décima vez, pedi para registrar a minha ocorrência. O policial pegou os meus dados e anotou tudo, para o caso de o carro ser encontrado. Só que a ocorrência, disse, teria que ser registrada no Flamengo, onde tudo começara.

320. Como? Não acreditei. Ele só podia estar de gozação com a minha cara. Não estava. Resignado, fui para o Flamengo. Como cheguei lá, não sei. Me esforço para lembrar — acho incrível não lembrar — mas essa imagem simplesmente não ficou registrada na minha cabeça. Sequela? Poder ser. Sei que estava sem dinheiro, só com os documentos, um só pé de sapato, mas cheguei. Não me lembro como, mas cheguei. Talvez — e acho mais provável — tenha ido de ônibus, negociado com o trocador, pedido para sair pela porta que entrei.

321. Apesar de tudo de ruim que estava acontecendo comigo nas últimas 20 horas, dos casos tristes que presenciei e que me fizeram constatar o estado decadente da delegacia, eu me sentia relativamente bem agora, estava livre, finalmente.

322. A precariedade da delegacia e o baixo nível cultural e social das pessoas que tinham aparecido ali, porém, me entristeceriam para sempre. Por dentro, sem esboçar nenhum comentário, nenhuma crítica, por mínima que fosse, à total falta de estrutura do atendimento policial, à péssima conservação dos móveis e do próprio imóvel, eu me sentia ameaçado e envergonhado pelo Brasil que estava se descortinando à minha frente. O piso, a escrivaninha, os bancos, tudo sucateado. A máquina de escrever, que era quase uma relíquia; a sala de rádio, que parecia mais uma caverna dividida por uma cortina barata, velha e encardida pelo tempo, suspensa por um cordão de barbante trançado. As paredes bege, que de tão encardidas, estavam cinza. Tudo isso me tocou lá no fundo. Tanto quanto tristeza, senti vergonha

ao comprovar o quanto o nosso país e o nosso povo estavam abandonados pelos governantes. Essa constatação ocorreu em todas as delegacias para onde fui direcionado. Todas nas mesmas condições.

323. Mais triste ainda é saber que, desde 1974, quando tudo isso aconteceu, a nossa situação só piorou. Se os políticos do passado já mostravam sua incompetência para administrar o país, continuam provando até hoje que não têm capacidade para fazer melhor. A prática da corrupção joga o Brasil no buraco, na lama, e nos faz perder as esperanças de andar para frente. Até quando vamos aturar tudo isso, esse descaso com tudo o que é público e essa falta de segurança extrema, tão partes do nosso cotidiano, e já incorporados à nossa cultura, não sei. Infelizmente, não sei.

324. No Flamengo, o plantonista da delegacia não quis registrar a queixa. Justificou-se dizendo que o BO teria que ser feito na delegacia de Campo Grande, onde eu tinha sido solto. Me senti como se tivesse tomado um banho de água gelada, foi um choque. Fiquei com o corpo arrepiado e a respiração ofegante e disritmada.

— Mas foi o policial de lá que me mandou vir para cá!
— E eu estou te dizendo pra voltar pra lá. É onde te deixaram.

325. Mais uma amostra de desorganização. Só de pensar que teria que voltar àquela delegacia já me gerava todo tipo de mal-estar. Entrei em pânico de novo. Desconcertado, fiquei parado ali sem saber o que fazer. Me encostei numa parede próxima à

porta e fiquei pensando, incrédulo, em tudo que estava acontecendo comigo.

326. O dia já estava claro, a cidade acordada, o trânsito intenso. As pessoas transitavam despreocupadamente pelas calçadas e eu, sem perceber, assistia tudo isso da porta da delegacia, ponderando o quanto era arriscado andar distraído pela cidade. Os efeitos do sequestro começavam a me fazer ver a vida de forma diferente. Uma pena.

327. Cansado, exausto, saí da delegacia e fui para Santa Teresa, a pé. Não tinha dinheiro e, do jeito que estava, ninguém me daria carona e muito menos ajuda. As pessoas me olhavam com certa aversão, eu estava maltrapilho, enlameado e fedorento. De meter medo.

328. Comecei a subir o morro para ir para casa. Lá pelas tantas, percebi que nem mais andava, me arrastava. Parei no caminho, expliquei minha situação para um motorista de taxi e expliquei que pagaria lá em cima. Ele desconfiou, me olhou, mas aceitou. Graças a Deus.

329. O motorista foi subindo a ladeira de Santa Tereza com muita cautela. Escolhia bem o trajeto, tomava cuidado ao dobrar uma esquina ou mesmo acompanhar uma curva. Tentava evitar os trilhos salientes e os desníveis acentuados de blocos de pedras e paralelepípedos.

330. Eu, sentado no banco da frente, acompanhava com certa apatia o entorno que fazia a fama deste bairro: o bondinho que dividia bucolicamente o pouco espaço com as ruas estreitas, por onde também passavam ônibus e carros. Os casarões e

suas fachadas ora bem conservadas, ora não. Os moradores e os turistas que transitavam por ali — e que naquele momento me impressionavam ao cruzarem distraidamente as ruas, agora, a meu ver, perigosas. Tudo isso, quase sempre, entre muros de pedra, ruas antigas, trilhos e peso da História. Me dei conta de que morava há algum tempo ali e que essas coisas nunca tinham chamado tanto minha atenção.

331. Quando pus os pés na entrada do condomínio, o motorista de táxi disse que não ia me cobrar. Ficara penalizado com a minha história. Agradeci e desci. Logo, me vieram à tona lembranças dos momentos traumáticos com os bandidos quando disseram que queriam vir a minha casa para fazer uma limpa. Eu não menti. É impossível subir ao condomínio sem ser percebido. Eles não teriam tido êxito e ainda teriam colocado a vida da minha noiva em perigo. Minha noiva... Eu ainda não tinha conseguido falar com ela... Deveria estar furiosa, achando que eu não tinha aparecido porque estava aprontando alguma. Mal ia acreditar quando eu contasse a verdade.

332. Esperei uns poucos minutos até o bondinho do condomínio chegar e ocupei o meu lugar rezando para ele sair logo. O meu cansaço era crônico. A ânsia de chegar em casa não me permitiu admirar a paisagem que se abria durante a curta viagem de subida até o topo da colina.

333. Chegar em casa foi tudo de bom. Naquele horário, ela estava vazia, pois minha noiva já havia saído para o trabalho. Sozinho e sem ter para quem contar a respeito do ocorrido, fui direto para o banho. Assim que me enxuguei o telefone tocou.

Era da delegacia de Engenho de Dentro, dizendo que o meu carro tinha sido encontrado lá, e que eu deveria me apresentar o quanto antes.

334. Meu coração acelerou e me vesti rapidamente. Não tive tempo de descansar. Peguei o bondinho para a portaria do condomínio e de lá peguei um taxi, depois de razoável espera. Embriagado de sono e vencido pelo cansaço, cheguei à delegacia de Engenho de Dentro e procurei atendimento policial. Estava quase me arrastando.

335. Quando me apresentei aos policiais, uma viatura da delegacia me levou até o local onde estava o carro. De acordo com testemunhas, os bandidos entraram numa curva em alta velocidade, derraparam, e bateram com a roda traseira no meio-fio, quebrando a suspensão. Danificada e impedida de se deslocar, a Brasília fora deixada ali e ali estava até eu chegar.

336. Fiz a identificação, vistoriei todo o interior, senti falta de algumas coisas e me afastei. Muito cansado, acabei me encostando na parede de uma casa em frente ao carro avariado e fiquei vendo os policiais darem início a uma suposta inspeção. De repente, um toque leve e repetido na janela sobre a minha cabeça chamou minha atenção.

337. Uma voz sussurrou:

— Não olha para cima. Disfarça. Ouvi o barulho do acidente e vim para a janela ver o que tinha acontecido — disse a voz. Era uma mulher. — Assim que cheguei aqui, vi os bandidos já fora do carro, se afastando correndo. Depois chegou a polícia, num jipe. Eles é que fizeram a limpa no seu carro, não foram os bandidos não. Tiraram estepe, macaco, rádio, e o que mais havia de interesse deles no porta-luvas. Pude ver tudo daqui. Escondida. Estou te contando, porque acho uma sacanagem a polícia agir assim. Mas, por favor, não diz pra eles que eu te contei, não. Por favor. E foram esses policiais mesmo que te roubaram. Eles mesmos.

338. Fiquei petrificado. Se tudo até então tinha sido difícil de acreditar e digerir, nem sei dizer o que senti naquele momento. Fiquei indignado, revoltado. A insistência da senhora para que eu não a mencionasse mostrava o seu temor em relação à polícia, e talvez até certo arrependimento por ter se exposto.

339. Agradeci disfarçadamente, dando um sinal positivo com o polegar, e retornei revoltado ao carro da polícia, para irmos à delegacia. O percurso de volta foi feito em silêncio absoluto. De minha parte, faltavam condições psicológicas e físicas para administrar tudo o que havia acontecido, e controlar meus sentimentos de revolta e indignação. Não conheço adjetivos para expressar o meu estado de espírito a partir daquele momento. É terrível passar por situações como esta, de se sentir roubado por todos os lados.

340. O mais surpreendente para mim, naquela época, foi ter sido roubado pela própria polícia. Isso me deixou arrasado. A partir daquele dia, perdi todo o respeito que ainda pudesse ter por policiais militares e civis — hoje sabemos os motivos que justificam a bandidagem no setor: a falta de preparo, de treinamentos, de salários dignos. Naquela época, porém, em plena ditadura militar, nada disso era claro.

341. Na delegacia, toda hora se aproximavam policiais e funcionários interessados em minha história. Contudo, eu ainda não tinha sido ouvido pelo escrivão. Fiz diversos sinais para ele me atender e tomar o meu depoimento; inúmeras pessoas que chegaram depois de mim já haviam sido atendidas, e eu continuava sendo instruído a aguardar.

342. Essa atitude foi me estressando. Eu já estava acordado desde o dia anterior, tinha passado por todo o estresse do sequestro, pela desordem das delegacias, por uma decepção imensa com o que a senhora da janela tinha me contado, e o escrivão só me pedia paciência. Que merda era aquela? Pra que me deixar mofando todo aquele tempo? Queria me esgotar ainda mais e me vencer pelo cansaço? Pra quê? O que mais sairia dali?

343. Na hora, não me ocorreu que eu estava sendo vítima da minha condição social. Pelo carro roubado, roupa e relógio que vestia agora, estava claro que eu tinha uma condição financeira boa, bem mais elevada do que a maioria das pessoas que transitavam por ali. Era essa a razão de estarem me deixando mofar. Estavam esperando a delegacia esvaziar para chegar o momento certo de aplicar a extorsão. Para que me ouvissem, eu teria que liberar dinheiro para eles.

344. Minha paciência se esgotou, e eu me dirigi de forma mais enfática ao policial escrivão, pedindo atenção. Num tom ameaçador, ele mandou que eu me sentasse e aguardasse a minha hora. Eu já estava no limite, pronto para estourar. Foi nesse exato momento, que ele começou a reclamar das condições de trabalho e do salário, insinuando que queria dinheiro. Logo entendi que haveria tentativa

de extorsão. Controlei-me com muito esforço e continuei insistindo que precisava do boletim de ocorrência para acionar o seguro. E o escrivão continuou insinuando que precisava de dinheiro para comprar papel higiênico, por exemplo, e outros itens de necessidade. Fazia isso ao mesmo tempo em que falava mal do governo e em que eu dizia estar duro. Eu tinha acabado de ser roubado e continuava sendo roubado. Agora, pela polícia.

345. Mesmo tentando me controlar, minha situação só piorava. Eu não ia dar dinheiro para ele, de jeito nenhum, e o nosso confronto se agravava a cada minuto. Diante de minha resistência em atendê-lo, ele alegou que não poderia fazer a ocorrência porque eu teria que voltar à delegacia do Flamengo, onde tinha acontecido o sequestro. Sua forma de me punir por eu não me deixar intimidar por sua insistência. Atitude canalha.

346. Espera aí, pensei, já prestes a explodir. E explodi:

— Como assim, no Flamengo?! Em Campo Grande, me disseram que tinha que ser no Flamengo. No Flamengo, quiseram me empurrar de volta para Campo Grande: "É onde te deixaram". Aí, me ligaram mandando vir pra cá. Agora, aqui, no Engenho Novo, estão querendo me mandar de volta ao Flamengo? Que porra é essa? — Me senti completamente aviltado, humilhado, desrespeitado. Depois disso, ainda desabafei mais. Soltei os cachorros. Não me lembro mais das palavras que proferi, mas devo ter falado muita merda, porque o policial me deu voz de prisão.

Eu, preso

347. Se a minha reação surpreendeu a todos, inclusive a mim, imagine a reação do policial para querer me prender. Olhando fixo e sem acreditar no que ouvia, gritei mais alto ainda:

– Vai me prender por isso?! Acabei de ser sequestrado e vou ser preso porque estou me negando a ser extorquido pela própria polícia? — gritei para que todos ouvissem.

348. Surpreendido pela minha acusação, o policial confirmou a ordem de prisão. Não acreditei que, depois de tudo o que havia passado, ainda seria preso. Fiquei tão revoltado, que a indignação me cegou e um turbilhão de sentimentos raivosos me fez perder ainda mais o controle e virar bicho:

— Então agora eu vou te dar um bom motivo pra me prender! — E com uma agilidade felina, fechei o punho direito e acertei um soco na cara do policial.

349. O impacto do soco foi tão grande, que o homem se desequilibrou, agarrou-se na mesa para não cair, mas não adiantou, foi para o chão arrastando mesa e cadeira junto. A queda para trás foi tão grande, que o barulho ecoou e surpreendeu todos em volta.

350. Fui logo imobilizado e agredido pelos demais policiais, todos muito agressivos e solidários com o colega. Machucaram-me sem piedade. Vingança foi palavra de ordem, a despeito de eu ter sido coagido, numa tentativa de me extorquirem dinheiro. Em meio a toda confusão, vi que havia ferido o filho da mãe com certa gravidade. Estava

com a camisa ensanguentada, o rosto também coberto de sangue. Devo tê-lo acertado em cheio no nariz. Foi um estrago. Bem feito.

351. Minha indignação era tanta, que comecei a gritar lá dentro. Eu precisava externar todo o meu ódio Gritei que, a partir de então, confiaria mais nos bandidos do que na polícia, pois tinha passado mais de oito horas na mira de três revólveres e não tinha sito tão agredido quanto estava sendo nas delegacias.

352. Nessa confusão, eles ficaram gritando de volta, perto do meu ouvido, dizendo que eu estava desrespeitando uma autoridade. E eu retrucava, dizendo que aquilo era abuso de uma autoridade corrompida. Era aviltante. Eu estava sendo agredido, roubado, humilhado por eles. E o meu drama parecia só aumentar.

353. Após ser dominado pelos policiais, um deles, com uma expressão de raiva mal disfarçada, esbravejou:
— Leva ele pra cela agora!

354. A minha reação foi instintiva. Saber que estava sendo arrastado para uma cela me deixou fora de mim. Tentei fugir, reagi com toda a minha força e recursos das lutas que sabia, mas eram quatro ou cinco contra um, e eu não tive como me livrar. Acabei dominado por uma gravata e depois imobilizado pelos braços e pelas pernas. Não havia a menor possibilidade de eu me soltar. Se eu estivesse portando uma arma qualquer, de fogo ou branca, eu a teria usado contra os policiais. Um deles fez isso. Sacou o revolver do coldre e o manteve apontado para mim até eu ser trancafiado.

355. Fui encarcerado, metido numa cela lotada, no meio de outros tantos detentos. Me preparava para sofrer ainda mais agressões, quando a atitude daqueles homens — naquele depósito abarrotado de gente marginalizada e revoltada — me surpreendeu e me afastou momentaneamente da realidade em que me encontrava. Todos ali, que já tinham tomado conhecimento da confusão que eu armara na delegacia, me receberam como herói.

356. Não sei descrever a minha surpresa ao ser abraçado, cumprimentado e elogiado por todos os detentos. Até aplaudido eu fui! Fiquei pasmo, totalmente envolvido pela surpresa e pelo turbilhão de emoções que me dominavam. Foram minutos incríveis da minha vida e, sinceramente, eu gostaria de ter visto a minha cara na ocasião. Em meio àquela profusão de emoções e gentilezas por parte dos presos — colocados ali por conta de toda sorte de crimes — fui surpreendido ainda pela preocupação de alguns deles com os meus hematomas, arranhões, escoriações, marcas das agressões que eu havia sofrido nas mãos dos policiais.

357. Os abraços e tapinhas nas costas foram incontáveis. Alguns se colocaram prontamente a minha disposição para resolver qualquer bronca minha. Eles afirmaram:
— Não se preocupa, não. Daqui de dentro a gente resolve qualquer situação lá fora. — Entendi perfeitamente o que eles estavam me oferecendo, e como era a dinâmica do lugar. Bandidos eram todos ali, a diferença era que uns estavam presos, outros não. Estávamos em 1974.

358. Mesmo preso, continuei gritando ofensas pesadas e ameaçando todos os plantonistas por terem me agredido.

— Isso não vai ficar assim, não! — Com o apoio dos presos e por me sentir protegido por eles, passei a ameaçar e ofender ainda mais. Gritava ofensas à delegacia e à polícia de todo o Brasil.

359. Os detentos, adorando o que eu fazia, também gritavam em coro comigo e minha revolta individual virou uma manifestação coletiva contra o abuso de autoridade e os maus tratos rotineiros naquela e em outras delegacias do Rio de Janeiro. Foi surreal, inimaginável. Virei herói, líder, ídolos dos bandidos.

360. Quando os policiais perceberam que eu estava completamente descontrolado, apoiado pelos colegas, e que aquilo poderia crescer a ponto de se transformar numa rebelião, devem ter decidido que era mais conveniente me soltarem. Talvez eu também tivesse costas quentes, podem ter pensado de tão grande a minha audácia em ofendê-los.

361. Em meio ao reboliço e à histeria que já estava descontrolada dentro da cela, um desconhecido apareceu abrindo a porta e me chamando educadamente para fora. O palavrório se calou. O silêncio foi tão grande que dava para ouvir a respiração ofegante dos mais inflamados. Senti um medo aterrorizante. O desconhecido me pediu desculpas educadamente. Disse que se tratava de um mal-entendido, que o policial que eu agredira estava estressado, mas era um profissional bom, respeitado, e que tudo não passara de um equívoco. Tentou me acalmar e controlar a situação.

362. Ao deixar a cela, virei para trás e dei meu muito obrigado aos detentos, um por um, pelo apoio recebido. Apertei as mãos de todos que vieram se despedir e agradecer por eu ter batido no policial. Sem dúvida, aquele dia foi memorável para todos nós. Para mim, para os detentos e para os policiais também.

363. Da forma mais discreta possível, o homem me levou até a porta da delegacia e me liberou. Preocupado com os meus agressores e a caminho da porta, tentei localizar os policiais que me bateram e também o que apanhou de mim. Não os vi, deviam ter se escondido numa tentativa de acalmar os ânimos. Ou poderiam ter se arrependido com o que fizeram comigo.

364. Dei alguns passos na calçada, e me chamaram. E aí meu coração apertou de novo. Tive um medo real de levar um tiro. Virei lentamente para trás, sem saber o que veria, e franzi os olhos tentando decifrar o que o policial tinha na mão. Era a minha capanga. Um tremendo alívio. Peguei a capanga e ia conferir os documentos, quando me espantei de ver que meu dinheiro também estava ali. Intacto. Não entendi. Se era objetivo deles me extorquir, por que não haviam me roubado? Pouco tempo depois, fiquei sabendo que um figurão da cúpula da polícia levava o meu sobrenome. Talvez isso possa ter influenciado na decisão de me soltarem sem me roubar.

365. Depois de mais um tempo, após profunda reflexão, me dei conta de que não tinha sido extorquido pelos policiais, mas pelo Estado. Além de dinheiro para enfiar no bolso, pediam também produtos básicos, de uso diário, que deveriam ser

fornecidos pela devida secretaria e não eram. Acredito que seja assim até hoje.

366. Perguntei pela minha Brasília ao policial que me soltou e me entregou a capanga. Ele informou que ela havia sido levada para o Ponto Zero, um local onde eram feitas vistorias antes do carro ser liberado. Peguei o endereço e me dirigi com pressa para lá.

Ponto zero

367. Mais um martírio esperava por mim. Eu precisava levar os documentos para provar que o carro era meu e para que fosse feita uma inspeção para conferir se houvera alguma adulteração nos códigos registrados no chassis e no motor da Brasília — fosse por parte dos bandidos ou da própria polícia. Já passava das 14 horas, e eu já somava mais de 35 horas sem dormir.

368. Extremamente cansado, sob alto estresse, tendo sofrido todo tipo de ameaças e sido preso por reagir a uma tentativa de extorsão, eu tinha ainda que ir a esse tal lugar para provar que o carro era meu. Um grande aperto no estômago me lembrou de um ponto importante e que iria me causar mais problemas: o carro não estava no meu nome, mas no de minha noiva.

369. Depois de quase chorar de raiva, cansaço e desânimo, resolvi que iria em frente, determinado a resolver de uma vez por todas aquela situação.

370. No Ponto Zero, procurei o balcão de informações e fui orientado a procurar um atendente. Expliquei todo o caso pela milésima vez (eu não aguentava mais repetir aquela história), mas, como não tinha

boletim de ocorrência, eles não podiam fazer nada. Entenda: oficialmente o carro não tinha sido roubado, mesmo tendo sido levado para lá.

371. Mais uma vez as orientações se contradiziam e me deixavam confuso, desnorteado e possesso. Tudo indicava que a minha via crucis estava longe de terminar. O desespero já me rondava, o meu nível de tolerância tinha chegado ao limite, minha cabeça era um turbilhão de emoções e pensamentos em total descontrole. Sentia claramente que estava bem próximo de um colapso físico e emocional.

372. Para se livrarem de mim, encaminharam-me para um inspetor que estava na rua fazendo vistoria nos carros roubados. Afirmaram que ele poderia resolver a questão. Não foi difícil localizá-lo, logo fiquei sabendo que ele trabalhava sozinho. Sozinho? Um único inspetor para periciar dezenas de carros enfileirados ao longo do meio-fio de uma calçada, em frente ao órgão público responsável por esse serviço? Para piorar, estávamos debaixo de um sol escaldante.

373. Considerando que as vítimas de assaltos, roubos e até de sequestros, daquele dia, estavam cansados, estressados, amedrontados, doidos para resolver tudo aquilo, o desejo contido em todos nós era de poder ir pra casa tomar um banho, comer alguma coisa, se jogar na cama e dormir até acordar. Acordar e descobrir que nada fora real e, sim, um pesadelo. Estes eram os meus pensamentos e, sem a menor sombra de dúvida, de todos os demais naquela calçada em frente ao Ponto Zero.

374. A situação que deveria se resolver, como já se podia esperar, se complicaria ainda mais, e a ideia

que para mim já era fato, de que quem me lesava era o Estado, só veio a se comprovar mais uma vez.

375. O homem designado para a função de inspetor, cujo dever era periciar os carros e seus documentos, liberá-los ou não, exibia-se como um pavão, contando causos e vantagens para todos, sem a menor noção do que era profissionalismo e muito menos tempo. Mais uma vez eu me tornaria refém de um funcionário público desqualificado.

376. Eu somente, não, nós. E não éramos poucos. A maioria de nós, uns de pé e outros sentados em seus carros posicionados em fila, esperava (im) pacientemente pela boa vontade do perito que, mostrando-se um perfeito idiota, doutorado em babaquices, cantava de galo, sem ter passado por situação parecida como a enfrentada por qualquer um ali.

377. Não minto ao dizer que ele parecia querer incorporar o papel de mocinho de filmes de ação hollywoodiana e que, em torno dele, formávamos uma pequena audiência que alimentava seu ego.

378. Num dado momento, o inspetor começou a exibir ostensivamente as armas que tinha escondidas dentro de seu fusca — debaixo e ao lado do banco, no porta-luvas —, num coldre ajustado à coxa e noutro à cintura, fazendo questão de que nós não tivéssemos dúvidas da existência delas e de sua coragem e destreza em usá-las, caso necessário.

379. Entre sua exibição e reclamação das condições de trabalho — claramente mais uma tentativa de extorsão — a fila não andava e nenhuma inspeção era feita.

380. Voltei a sentir aquela onda de revolta tomar conta de mim e fiz grande esforço para controlá-la. Aproximei-me dele, expliquei o meu caso, e perguntei se deveria ou não ficar ali, pois meu problema parecia diferente dos demais, e nenhuma das três delegacias por onde eu havia passado tinha me dado o Boletim de Ocorrência.

381. Só que o homem não me deixava falar. Tudo o que importava para ele era se exibir para a pequena plateia que o rodeava. Como se não bastasse a espera, fomos ainda tratados como covardes.

— Comigo não tem essa, não. Comigo, o buraco é mais embaixo. Brincou comigo, leva chumbo! — Desdenhava de todos nós, dizendo que reagiria a qualquer assalto, mataria os agressores, e que nós éramos covardes por não termos reagido nos momentos em que corremos riscos de vida, à mercê de bandidos.

382. Sua exibição chegava ao ridículo de afirmar que, se visse alguém roubando seu carro, esperaria o bandido se afastar uns dez metros, para então sacar seu 38, mirar exatamente no distribuidor e atirar — o que mostrava sistematicamente com as mãos sobre a tampa traseira de seu fusca.

383. Foram tantas as asneiras ouvidas, que, pela primeira vez, senti vontade real de chorar. Eram os impostos que nos cobravam que pagavam o salário daquele e de todos os outros imbecis. Que tragédia pública vivemos.

384. O meu descontentamento atingiu o limite. Tentado a pegar o 38 que o inspetor tanto se

orgulhava de possuir, me imaginei descarregando suas balas na boca daquele perito boçal, para não ter de ouvir nem uma só palavra a mais. Esse pensamento começou a martelar com tanta violência a minha cabeça que tive medo de mim.

385. E então explodi. Comecei a berrar que pegaria o carro de qualquer maneira, que não ia mais fazer porra de inspeção nenhuma e que ele calasse a boca. Num rompante, virei bruscamente as costas e fui andando até o carro, xingando o perito e chutando pedras, deixando o idiota totalmente sem ação, perplexo com a minha atitude. Que atirasse em mim, se quisesse. Eu estava possesso.

386. No auge da raiva, vi que ali mesmo havia um reboque de plantão e abordei o motorista para guinchar o meu carro até Botafogo. Ele negou. Ficou com medo. Tinha assistido à minha cena com o inspetor e sabia que o carro não tinha sido liberado. Tinha assistido à exibição de armas também. Foi difícil convencê-lo. Com muita insistência, percebi que ele não gostava nem um pouco do perito e consegui convencê-lo a me atender. Estava com tanta raiva que tinha argumentos de sobra.

387. Chegamos à oficina sem problemas. Consegui deixar a Brasília para os reparos necessários, mas não sem encontrar dificuldades. Quando os mecânicos ficaram sabendo da história do Ponto Zero não quiseram aceitar o carro, porque não tinha a liberação da polícia. Mais uma batalha, mais uma enxurrada de argumentos. Por fim, depois de assumir a responsabilidade por qualquer complicação que pudesse vir a ocorrer e de acatar por escrito todas as exigências que me foram impostas, consegui convencê-los.

388. Parecia então que o pesadelo estava acabando e que eu poderia agora ir para casa descansar. Por conta de todas as coisas que tinham me acontecido e por eu mesmo não saber ao certo como defini-las e explicá-las, acabei adiando o outro grande desafio que seria contar para a minha família, principalmente para minha noiva, tudo o que se passara comigo. E de forma convincente.

389. O tipo de violência a que fui submetido não era comum naqueles dias, nem os meios de comunicação eram tão eficientes como os que dispomos na atualidade. Um acontecimento como aquele levava dias até chegar ao conhecimento do público.

390. Aturdido como me encontrava, não me preparei para o embate que se seguiria entre mim e minha noiva. E que não foi fácil. Por causa do meu jeito de ser, não lhe passara pela cabeça que alguma coisa de ruim tivesse acontecido comigo, e sim que eu não aparecera na noite anterior porque tinha ido para alguma noitada. Estava furiosa. Foi a minha expressão abatida e os hematomas pelo corpo que a fizeram me ouvir e achar que talvez nada daquilo fosse proveniente de brigas de rua ou em alguma boate — talvez eu estivesse mesmo falando a verdade.

391. Não lembro mais de minhas palavras, de meus argumentos para convencê-la. Sei apenas que acabou tudo bem. Pouco depois, nos casamos e constituímos família. Tivemos quatro filhos, a quem dediquei atenção redobrada. A segurança deles sempre foi uma preocupação para mim.

392. Quanto aos meus pais, por morarmos em cidades diferentes, esperei até o momento em que estivéssemos juntos para contar pessoalmente minha odisseia e dar e receber abraços. Os demais parentes e amigos, embora nem todos, ficaram sabendo ao longo do tempo. Outras pessoas menos próximas, desconhecem até hoje esse pesadelo. Nunca foi do meu interesse divulgar e comentar esse meu drama largamente. Queria, de coração, esquecê-lo. Colocar uma pedra sobre essas lembranças brutais que me faziam sofrer.

393. A prova cabal, porém, aquela que confirmava que nada que eu contara fora uma desculpa mirabolante para encobrir uma farra, uma briga de rua, ou qualquer outra situação, só veio de fato quando o jornal *O Dia* publicou uma notinha sobre o caso, que alguém leu, recortou e me entregou. Este recorte, único registro escrito de toda a minha provação, se perdeu ao longo das mais de quatro décadas que já se passaram.

394. Incrível falar isso e, mais ainda, aceitar que, apesar do meu esforço junto às três delegacias para ter meu Boletim de Ocorrência registrado — um direito meu, um dever delas — nenhuma se prontificou a fazê-lo. Pelo menos não de graça.

395. Se para os bandidos e a polícia, roubar, sequestrar, coagir e ameaçar eram ações rotineiras e banalizadas — apenas mais uma ocorrência que não valia ser registrada —, para mim, no lugar de vítima, posso afirmar que tenho cicatrizes emocionais que jamais irão sumir.

396. Um sequestro nunca termina para o sequestrado. A sensação de medo e insegurança

é para sempre. Sentir-se impotente diante da vida, e sentir que a vida pode valer tão pouco para as pessoas, é algo que nunca passará. Como não passou.

397. Tentei voltar à rotina sem maiores traumas, não ficar falando do assunto, não me fazer de coitado. Na minha cabeça, e pelo meu temperamento, era assim que eu deveria agir. Mas não foi possível.

398. A todo momento voltavam imagens das horas mais difíceis, aquelas em que temi pela minha sobrevivência, e minha mente, em defesa, me tirava da realidade, transportando-me para outro tempo, outro lugar. Assim como durante o sequestro, lembranças do passado me permitiam manter o controle durante o trauma, me ajudando a enfrentar tensões e desequilíbrios repentinos, descontrole emocional, rompantes e atitudes extremas fora de qualquer contexto, sem nenhuma outra causa aparente que não fossem as sequelas do que eu tinha passado.

399. Foram os efeitos colaterais de tanta tensão que me fizeram procurar atendimento médico, pois meu sistema nervoso começou a se manifestar fisicamente.

400. Sem saber direito para onde direcionar o sofrimento pelo qual eu tinha passado, ele atingiu o meu corpo. Mais especificamente o meu aparelho digestivo, depois a coluna e os ouvidos, por meio de crises de labirintite.

Calmantes

401. Um dia, uma paralisação inesperada do meu sistema digestivo me levou a uma condição tão dolorosa e desconfortável, que fui o mais rápido possível para a emergência do hospital da cidade.

402. Chegando lá, me contorcendo com dores agudas, fui colocado numa maca e atendido de imediato. O médico me enviou para o departamento de enfermagem.

403. Ver a enfermeira entrar no quarto já me fez sentir um alívio imenso. Finamente alguém iria aliviar a minha dor. Comecei a me posicionar no leito para tomar os remédios. Ia me recostar na cabeceira para pegar as drágeas quando ela, munida de uma seringa, disse em tom de comando:

— Não senta, fica deitado mesmo, vou aplicar uma injeção.

404. Por mais incrível que possa parecer alguém ficar ávido para tomar uma injeção, a seringa em riste me fez sentir bem. Eu estava contando os segundos para ser medicado e me livrar de todo e qualquer mal-estar.

405. A enfermeira agarrou o meu braço, colocou-o na posição adequada, amarrou a borracha tubular, deu um laço para conter a circulação do sangue, passou o algodão umedecido em álcool e apontou a ponta da agulha para cima, para testar o jato. Assisti todo esse preparativo em silêncio. *Anda logo, moça. Acaba logo com o meu sofrimento.*

406. Ela foi então afrouxando o laço que comprimia as minhas veias, e eu vendo o conteúdo da seringa ser injetado lentamente. Que sensação de alivio ter alguém cuidando de mim. Me medicando. Após tantos maus-tratos alguém fazer alguma coisa para me aliviar teve um efeito psicológico imenso. Rápido e eficiente.

407. Quando ela acabou, perguntei:

— Mas, só isso?
— Sim. Só uma injeção.
— Tem certeza? Tenho me sentido tão mal para tão pouco remédio.

408. Ela não respondeu, mas a sensação de alivio foi quase imediata. Em poucos minutos, eu já podia me virar na cama, me movimentar e até respirar sem sentir incomodo. Quando ela voltou ao quarto, perguntei que remédio milagroso era aquele. A resposta foi que um dos componentes da injeção era um calmante. Guardei essa informação.

409. Outras receitas que me foram entregues nos dias seguintes, prescreviam remédios para a dor na coluna e para as crises de labirintite. Um dia, comparando as receitas, observei que, para todos os casos, independente da natureza do mal que me acometia, constava sempre um calmante. Então aquelas drágeas brancas que aliviavam o meu mal-estar eram calmantes? Por isso comecei a ficar dependente delas. Eram milagrosas, o alivio vinha logo em seguida.

410. Alguns comportamentos meus, no entanto, assim como mudanças drásticas em minha forma de pensar foram incorporados ao meu dia a dia, e calmante nenhum jamais conseguiu mudar.

411. Durante alguns anos, por exemplo, dirigi apreensivo temendo que a polícia ainda mantivesse em aberto o alerta para interceptar a minha Brasília. Atirar primeiro, perguntar depois, era o comando que me assombrava noite e dia. Ciente da desorganização que presenciei, do descaso e da falta de profissionalismo, tudo ainda poderia acontecer.

412. Antes de entrar em qualquer carro, passei a me certificar de que não havia ninguém suspeito por perto, me espreitando do lado de fora — ou do lado de dentro, escondido atrás do banco, me esperando para dar o bote. Tornei-me um homem recluso, paranoico. Até hoje só me sinto confortável em ambientes fechados e com segurança visível.

413. Passei a evitar também algumas músicas. Como a 'Brasília amarela" dos saudosos Mamonas Assassinas, que fazia a alegria de todos. Para mim, essa música era uma tortura. A associação com a minha Brasília era instantânea e os efeitos do trauma eclodiam dentro de mim. Passar por um drama desta natureza já havia sido desumano demais, reviver todo o martírio centenas de vezes ao longo de uma vida, seria o mesmo que pagar por todos os pecados da humanidade.

414. Passear à noite em lugares públicos, mesmo bem movimentados, tornou-se coisa rara para mim e, quando sou obrigado a sair, além do estado de alerta aguçado, levo sempre algum tipo de arma, seja uma chave de fenda, um bastão pontiagudo, ou outro instrumento com que possa me defender.

415. Como precaução para enfrentar situações parecidas com a que vivi, passei também a prestar mais atenção aos filmes policiais, em que há

assassinos em série e outros delinquentes. É um bom método. Foi daí que tirei recursos que me fizeram imitar um traficante, para ganhar a simpatia e o respeito dos bandidos que me sequestraram.

416. Comecei a aproveitar também toda e qualquer fonte de aprendizagem que dissessem respeito a histórias de outros sequestros e crimes em geral, para me manter preparado para situações adversas como a narrada neste livro.

417. A mais marcante de todas as sequelas de meu sequestro, no entanto, foi o fato de eu ter me tornado defensor da pena de morte. Eu que sempre fui um defensor da vida, tornei-me, de um dia para o outro, defensor de sentença de morte sumária para sequestradores e terroristas. Para aqueles capazes de condenar e executar pessoas sem lhes dar a menor condição de defesa, o tratamento deve ser o mesmo.

O sequestro de Abílio Diniz
Mais um pesadelo

418. Era um dia comum, sem novidades. Nada acontecia que pudesse me livrar do mal-estar que já vivia e menos ainda me alertar para o que estava prestes a acontecer. Não me lembro do que estava fazendo nem do motivo que me levou a passar pela saleta de televisão naquela hora, mas foi exatamente ali que tudo começou...

419. Estávamos em dezembro de 1989, e a televisão noticiava o sequestro do empresário Abílio Diniz, do grupo Pão de Açúcar, a caminho de seu escritório. Fiquei tão impactado com a notícia, que até hoje não sei como fui parar sentado no

sofá com os todos os meus sentidos atentos, olhos e ouvidos voltados para a TV. A vinheta que trazia notícias trágicas aparecia na tela, interrompendo a programação normal para dar lugar à edição especial de jornalismo. É dessa forma até hoje.

420. Se no dia em que fui sequestrado sofri com o desconhecido, o sofrimento que eu sentia agora tinha nome e registro. Era uma dor lembrada. Por conhecer nos mínimos detalhes o que havia acontecido comigo, saber que aquilo aconteceria com outra pessoa foi igualmente insuportável e, de tão intenso, me fez reviver as mesmas experiências, as mesmas sessões intermináveis de medo.

421. Foi um sentimento torturante, daqueles que só brota no coração dos que sofreram esse tipo de agressão. Naquele momento, os sinais de alerta do meu corpo se multiplicaram e desencadearam um frenesi de sons agudos, penetrantes, de luzes cintilantes e ofuscantes. Fiquei completamente atordoado, tomado por um turbilhão de emoções que mesclavam medo, desespero e desesperança, tudo de uma vez.

422. Petrificado, como se enterrado num bloco gigante de gelo, não percebia nenhum movimento meu, nem mesmo a minha respiração. Na minha mente só se repetia o eco da notícia que me derrubava: "Foi sequestrado, Abílio Diniz, empresário..."

423. Senti meu corpo tremer e gotas de suor escorrerem pelo meu rosto. Comecei a sentir calafrios, minha pele arrepiou-se e minhas mãos trêmulas buscaram apoio no assento do sofá. Fui levado por um fluxo de lembranças horripilantes,

de momentos assustadores. Fiquei em estado de pânico. Foi como se, mais uma vez, eu estivesse sob a mira de revólveres, a mercê das crueldades dos bandidos.

424. Por mais incrível que possa parecer, os efeitos que a reportagem causou em meu corpo foram mais aterradores do que os efeitos do meu próprio sequestro. Dessa vez, acredite, sofri mais, pois foi como se suportasse tudo pela segunda vez. Minha mente liberava lembranças com tanto realismo, que tive a impressão de que os marginais invadiriam minha casa naquele momento. Por muito pouco não tive um colapso nervoso.

425. Que Deus protegesse e ajudasse aquele homem, da mesma forma como havia feito comigo.

Epílogo

426. Diz o ditado que "por pior que possa ser uma situação, sempre se colhe algo de bom dela". Se eu tiver que pensar no que de bom aconteceu comigo, eu diria que foi o fato de ter nascido de novo, ou, ao menos, ter sobrevivido.

427. A partir do sequestro, passei a dar muito mais valor à vida e a reconhecer a importância de cada mero segundo vivido. Se antes podia me sentir entediado com uma ou outra atividade, hoje, valorizo tudo que faço. O tempo que espero, os minutos que perco, até mesmo os fracassos, as conquistas e realizações são para mim igualmente importantes e valorizados. Aprendi também a investir em amizades novas e aprofundar as antigas.

428. Vivo cada segundo com consciência do que estou fazendo e faço tudo com muita intensidade. Se hoje sei o quanto a vida pode ser curta, interrompida bruscamente por inúmeras razões, hoje também procuro viver o melhor de mim.

429. Passados mais de quarenta anos dessa que foi a experiência mais traumática da minha vida, não faltam índices certificando que os serviços públicos só pioraram e estatísticas apontando rotineiramente o fracasso da economia, da saúde, da educação, da segurança pública. Do aumento da violência contra o cidadão.

430. Se assim for enquanto eu viver. Se a mim e a todos os cidadãos não for mais concedido o direito de sentir paz e sair pelas ruas despreocupadamente, em busca de trabalho, sonhos ou do mero prazer de estar vivo, que possamos todos nos unir, solidarizar,

dar as mãos e tentar transformar este pais num lugar de bem com gente de bem.

431. Quanto aos bandidos que me sequestraram, percebo claramente que vários direitos lhe foram negados também, e por isso são o que são. Quanto aos policiais que me atenderam nas delegacias, são igualmente vítimas da falta de recursos, de educação e do preparo necessário para cumprir com suas obrigações.

432. Diante deste quadro, não é difícil admitirmos que, em verdade, somos todos sequestrados por políticos que há décadas deixaram de governar e representar o povo que os elegeram, para defender seus interesses e alimentar suas ganâncias saciadas pela corrupção. O grande sequestrador, meus caros, é o Estado.

433. Que Deus nos proteja dele enquanto não soubermos como fazê-lo diferente e que nos ajude a viver da forma mais digna possível. Aproveitar as oportunidades que a vida oferece em todas as suas fases, para crescermos como seres humanos e nos tornarmos melhores é a nossa maior missão e o nosso maior desafio.

434. É isso o que busco até os dias de hoje e o que continuarei a buscar até o meu último suspiro.

Agradecimentos

Aprendi que é um grande desafio escrever um livro e, por esta razão, sou grato a um grupo de pessoas que me apoiaram de inúmeras formas para viabilizar este projeto.

Um agradecimento especial ao clínico que me atendeu gentil e informalmente, há aproximadamente 35 anos, em Niterói e que me aconselhou a colocar minhas lembranças no papel. A ele, cujo nome a minha memória escondeu, sua importância está reconhecida no meu coração.

Minha profunda gratidão ao médico e amigo Marcio Bontempo, especialista em Saúde Pública que, além de me motivar a evoluir em meu projeto, deu-me as primeiras lições de como me tornar escritor, assim como enviou meu livro a algumas editoras de seu conhecimento.

Bati nas portas de algumas editoras por esse Brasil afora. Rio de Janeiro, São Paulo, Brasília..., mas foi aqui, em Nova Friburgo, minha terra natal, que tive a oportunidade de conhecer a In Media Res Editora, representada por suas sócias Ana Beatriz Manier e Amanda Lobosco. Com seu profissionalismo apurado e expertise, elas me orientaram pacientemente em relação à técnica da boa escrita e conduziram a realização desta obra, aprimorando-a e dando a ela a qualidade necessária para sua publicação. Graças ao apoio delas, mais outros dois livros virão.

Agradecimento especial também a Adenir Moura Polo, Everton Vieira Herdy, Expedito Cláudio Quintanilha, Girlan Guirlan, Irapuan Teixeira

Guimarães, Júlio Cesar Carestiato, Lidiane Torres da Silva, Márcio Madeira Cunha, Mariana Dias paredes, Rafhael Moreira dos Santos e Rosane Moura Polo, que tiveram a paciência de ler o original deste livro, desde o seu estado de germinação até os parágrafos finais, não apenas me motivando a seguir adiante, como também me mantendo no processo de cura pela palavra.

A todos vocês, meu reconhecimento e gratidão.